狼男友的馴養法則

花鈴——著
Jeannn——繪

Content /目錄

角色簡介

◆男主角：傑・吉瑞爾
身高：180
年齡：實際年齡未知，外表約19歲
種族：克坦尼亞星球，雪狼
屬性：冰
外貌：淡銀藍短髮，碧綠色眼。
性格：冷漠、寧靜、優雅而有潔癖，對任何事物的ＳＯＰ流程要求很嚴厲，同時嘴巴也很毒舌。
武器：獸爪，施展冰族能力，獸爪能發射冰刀。
喜歡的事物：坐在松樹下看書和聽音樂。
討厭的事物：「視野一下子變矮真不習慣。」（吐槽）
追捕蟲族時被夏家傷害，以保住生命，靈魂脫離身軀，附身在江侑希身上，可以聽見她的心音。

◆女主角：江侑希
身高：160

年齡：17歲
種族：人類
職業：高中二年級學生
外貌：棕色眼眸、白皙乾淨的肌膚、淡棕色俐落長髮。
性格：勤奮好學、忍耐度優良（面對傑的毒舌功學會面帶微笑接受指導，內心ＯＳ特別多），乖乖牌，直言不算計、隨性、讀書不擅長，但身手比任何人都矯健、食量比一般男生還要大。
討厭的事物：「不要用我的身體對任何人亂放電，尤其還是男生！」
因誤接觸蟲洞連結，而被傑附身，看得到傑的靈體。

◆男配角：夏文拓
身高：178
年齡：19歲
種族：納撒蒙哥高階蟲族
屬性：昆蟲
外貌：淡金髮色黑眸，妖魔化會轉為紅色瞳孔，左肩膀有枚黑紅色的蝶形圖紋。
性格：溫文儒雅，講話溫吞有禮，時常面帶微笑，熱心助人，是班級的好好先生，迷倒不少女孩子，是學校的校草。
討厭的事物：薄荷

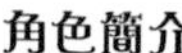

◆女配角：李伊婷

身高：163

年齡：17歲

種族：人類

職業：高中二年級學生

外貌：黑髮黑眸，整體可愛型。

性格：怕鬼、膽小鬼、卻愛聽鬼故事、心儀夏文拓，是江侑希的好朋友。

楔子　被詛咒的孤狼

純淨潔白的天空，映襯著銀藍的影子，在那廣闊的風中寒夜上風馳電掣般移動，忽爾駐足不前。月華之光下，黑影從獸化的姿態幻化為人類體態，身形結實的青年佇立於深冷寒冬的雪山之上。

靜靜的，無一絲喘息，好似世間萬物靜止，唯有山腳下燃著鮮紅色的光影怵目鮮明。

驚恐的尖叫劃破寧靜。青年急速衝下雪山，不過幾分鐘已抵達山腳下。混亂的奔跑聲、淒厲的尖叫聲、爬滿牆面矮舍的鮮血迅速掃進眼底。

他以迅雷不及掩耳的速度掐住粗肥的蟲尾，修長的腿壓住鼓起的蟲殼，瞬息間獸爪如刀刃劃破蟲殼，終止生命。

火光照亮那張冷凝的英俊面孔，一對好看的濃眉下襯著似是綠意盎然的春意顏色，染血的獠牙裸露在嘴唇之外，已分不清楚飛濺的血是誰的，亦或是自己的血液。

「族長！」僥倖逃過一命的族人按著受傷的肩膀，爬至單膝跪地的青年的身邊。

被稱為族長的青年此時眼中淨是殺氣，慍怒的視線逡巡四周，銀白雪地上已染上又深又亮的鮮紅色，刺痛他的雙目與心扉。

「對不起，我來遲了。」眉宇間有化不開的悲痛，胸口彷彿有把利刃刮得遍體麟傷，只能哽咽地硬從喉間擠出聲音，尖銳的獸爪深入土壤，在手掌上留下指甲血痕。

楔子　被詛咒的孤狼

視線驟然凝固在前方樹林入口，人形蟲影正欲逃跑，從搖晃的身姿來看，有被族人傷害到。

壓制住難受的胸口，他啞著嗓音下達命令：「照顧好族人。」語畢，青年彈跳而起。

「是！」即便有一腿無法靈活行動，仍誓言打退這些來犯的蟲族。

青年拔腿追了上去，連尖銳的樹枝劃傷顯露獸性的狼耳也不以為意，只想拚盡力氣追到蝶蟲之王。

傷害族人的蟲族，絕對不能放過！絕對！

奔跑於林間的青年，越發感覺到不對勁，一股陰冷的寒風迎面而來，毛髮底下的毛孔陣陣雞皮疙瘩，還有一股未知的引力拉扯而去。他揚起目光掃過已被烏雲掩蓋的月亮，大自然的神奇現象彷彿似曾相似……

身為動物的本能，直覺告訴自己，不能再走下去。然而族人受到蟲族傷害絕對無法坐視不管。

「站住！」

目標物突然停下來，青年也隨之停下，但他並非先看見蟲王停下，而是蟲王身後的景象令他呼吸一窒。

這是……星玄！碧綠眸子滿是驚愕，青年想起來曾經看過星玄，俗稱的蟲洞能通往未知的地方。

蟲王揚起細長的觸手，細而長的嘴巴揚起極大弧度，好似在嘲笑青年的脆弱。

眼前景色動盪一晃，暈眩襲上腦袋。青年踉蹌向後跌在地上，用力按著心臟的位置。

「唔！」是蟲毒，專屬於蟲王的蟲毒！青年咬緊牙關，不管怎樣，今天他絕對要抓住這隻膽大包天的蟲王。

就在這時，狂風劇烈吹起，青白色的雷光從黑洞四周射出來。青年冷靜閃躲，凌厲的雙眸緊鎖

蟲王不放。

只見蟲王俐落跳進了星玄，星玄正以沙漏流逝的速度縮小、再縮小。

青年見狀，忍著劇痛拔腿狂奔，試圖奔進星玄內，然而一道青白色雷光卻打在他的後背。

就在他的身軀處於星玄的夾縫之間，與一雙美麗的棕色眼眸四目相接。那一剎那，思緒彷若飄散的蒲公英脫離紛飛。

青白雷光閃過雙目——意識消散在神祕而古老的漆黑空間。

第一章　被附身的人類少女

海平面閃動波光粼粼的光澤，殘如似血的夕陽逐漸沒入地平線，給廣袤而深遠的海藍色海洋鍍上一層紅色。

海風夾帶鹹鹹的味道縈繞鼻翼，這個味道是在都市無法聞到的大自然氣味，令人思緒清幽，飄渺空靈。

「小希、小希——江侑希！」遠處響起另一位女孩拔高的音量，觸動正坐在海邊閉目凝神的女孩。

女孩緩緩睜開雙目，將垂落髮鬢的棕色長髮撥至耳後，轉頭看向從斜後方、撥開草叢步出的黑髮女孩——李伊婷。

「妳一個人幹嘛跑到這邊來，怪陰森的。」不知道是否靠近海邊，風速稍大，李伊婷渾身打個哆嗦，竟感受到寒冷，一時間也無法確定是冷還是陰風。

「不會呀，幹嘛自己嚇自己，心裡坦蕩蕩不就沒事了。」江侑希聳了聳肩，她坐在這裡小睡一下、看個夕陽，也沒發生什麼事情啊。

「誰叫你們要在傍晚時分講鬼故事，難道你們不知道傍晚時刻是陰陽交換的時間點嗎？」江侑希彷彿是惡作劇的孩童，調皮的扣住李伊婷雙肩，刻意壓低音量，模仿出陰風拂過的氣場：「呼

——別動，我好像看到……」

話還沒說完，只聞李伊婷急匆匆打斷，「江侑希！不准胡說。」

江侑希嘻皮笑臉的吐了吐舌頭，右腳輕輕一揮，一顆泛著銀光的未知物體從沙地彈躍而起，準確無誤落入她攤開的手掌。

李伊婷看見江侑希把一枚不知道是什麼東西就往口袋裡扔，「妳撿什麼？」

「貝殼。」

「別鬧了，這個沙灘有死過人的。」李伊婷臉色大變，再次提起這片美麗的沙灘傳說。

據說很久以前有一對情侶相約跳海殉情，然而男方臨時改變主意不想死，女方卻將男方殺死，凶器就用這裡的尖銳貝殼，將男方的軀體戳出上百個洞，鮮血流淌整片沙灘。

「沙灘那麼大，而且也不一定是這裡。」江侑希依然故我，牢牢握緊手裡的貝殼。「況且我才不怕，這些貝殼明明就很漂亮。」

她停下來，朝李伊婷揶揄道：「不走嗎？不然等等男鬼就出來了唷。」

「江侑希！」害怕的李伊婷三兩步追上去，緊緊巴著不放。

當江侑希回到班遊駐紮的露營區，一群女孩子已經開始在抽籤，雖說是班遊，其實變相的是想讓同班同學互相聯誼、交流感情。

「呀！太好了，和文拓同一輛公車。」幾個女孩興奮地抱在一起，彷彿中了樂透。對女孩子來說的確是比中樂透還開心，能和班上最帥的男同學一起有說有笑結束班遊，堪稱是最好的Ending。

江侑希和李伊婷回來的晚，剩下幾支籤都是搭乘下一班公車。

「下一班公車要再等一小時耶，那時候天色都晚了。」

相較李伊婷的苦瓜臉，江侑希倒顯得泰然處之。

「怕什麼。又不是沒公車，我們得在這裡睡一晚。」

搭乘第一梯次公車的同學依序離開，剩下第二梯次的同學背著剩餘的露營器具，走上下一班公車。末班公車上只剩下一夥同班同學，沒有其他乘客。

夜晚的山區非常安謐，靜得彷彿走入一個沒有聲音的世界，是個脫離真實世界的虛幻空間。山腳下燈火明亮，一棟棟民宅燈火通明，宛如點亮一盞晶亮的火把，黑夜無法籠罩住一切。

一小時前，下過一場小雨，地面有些濕，公車司機用往常的速度，繞過一個、又一個轉彎，微微開啟的窗戶飄進風吹拂樹梢的沙沙聲響。

結束兩天一夜的班級旅遊，江侑希頭枕在窗邊打瞌睡，忽然一道青白之光劃過天空，緊接著轟隆一聲。她渾身打個激靈，強迫自己睜開惺忪的睡眼。

「哇啊！」

這時公車一陣不穩，上下顛簸，引擎發出喀拉喀拉的聲響，然後停了。

「怎麼搞的，車子居然拋錨了！」司機再三發動引擎，卻始終無法。

「同學們，我下去看看車子，你們待在車上。」最後司機向焦躁不安的同學說道，便下車查看。

江侑希看著已經睡死的李伊婷，居然睡得沒有知覺。這下子暫時被困在山區，前不著村，後不著店，也打消叫李伊婷起來的想法。

省得叫起她後，擔憂有鬼出沒。

在公車上等得無聊的女孩子開始聊起鄉野傳說，「聽說這裡有居民看過雪狐。」

坐在最後面椅子的女孩此話一出，前頭的同學紛紛轉頭加入話題。

「真的嗎？」

「快跟我們說說！」

女孩子清了清嗓子，「雪狐很漂亮，那毛髮閃動銀白色的光芒，那美麗的光芒堪比白雪還漂亮，而且也有人說其實是銀藍色的光芒！」

「是隻有染色的兔子吧。」男孩子向來對這種傳說沒有興趣，翹著腿吐槽。

女孩子哼了幾聲，「據說……還有一對碧綠色眼睛！」看，這就不是染色吧。

「笨蛋，就像貓一樣，我們在夜晚時看到，貓的眼睛色澤會和白天不太一樣，而且有時候只是人類看到的錯覺罷了！」

「你……！」女孩子捏緊拳頭從椅子站起來，怒視男孩。

江侑希看著他們一副又要吵架，正想出聲緩緩時，腹部一陣緊縮爬上感官。她小臉皺成一團，蜷縮肩膀。

「唉唷，我想去上廁所。」

男孩子知曉夜晚山區太暗，自動自發想陪同江侑希。「要陪妳去嗎？」

「不用不用，好歹我是女孩子啊，讓一個男生在旁邊聞臭味、聽屎的聲音，我還要面子呢！」

江侑希擺擺手，按著肚子奔下公車。

「哈哈哈！當妳大喇喇說出『屎』時，我就不認為妳愛面子。」

「等我回來給你好看！」礙於肚子痛著，江侑希沒空與男孩子唇槍舌戰，快速奔進後方一條小徑，尋找一個地方能隨地解放。

小徑兩側皆是樹林，彷彿鋪了一層寧靜的薄紗，籠罩一片蒼黑。頭頂上方的天氣好似暴風雨前

的寧靜，遲遲沒有掉下雨來，青白色雷光閃爍雲層，讓黑漆漆的林間浮現樹影與光亮的交錯，饒是尋常男孩子也會感到毛骨悚然。

江侑希的膽子很大，平常就不怕妖魔鬼怪，自然不會害怕陰森森的樹林，否則早讓其他同學陪伴。

她實在不想在外面解放，但肚子實在太不舒服了，再加上現在公車拋錨，不曉得何時才會修好。

一道青白雷光落在小徑盡頭，轟隆雷聲驟響耳畔，震得她耳朵嗡嗡作響。同時間，盡頭那團神祕的黑洞深深吸引她的注意。

在這月黑風高之夜，黑洞時不時射出與雷電一樣的閃光，像隻魔鬼的眼睛……

不對，這哪是魔鬼眼睛，分明是一隻人形的……蟲子眼睛？

江侑希目瞪口呆的看著身型碩長的蟲子，那兩根筆直觸鬚在腦袋上方左右搖擺，彷若雷達偵測，然後閃進一側的樹林不見蹤影。

她向前走了幾步，卻發現自己居然褲子沒穿好。匆忙穿好褲子，她跑到那團黑洞面前，總覺得有點古怪。

黑洞好像比剛剛小了許多，周圍的青白雷光閃得更厲害了。江侑希意識不妙，決定轉身離開時，眼角捕捉到一抹銀藍色光芒，黑洞的另外一端，是片茂密的樹林，天氣與這裡相似。

那抹銀藍光芒令她想起同學們說的都市傳說，她定眼一看，狂風吹亂棕色長髮，模糊視線範圍。

她急切地撩開遮掩住視線的髮絲，與之對上眼。

——那是雙令人心醉的碧綠色美眸，似是冬日之雪尚未融盡的春綠。

那麼一瞬，她愣愣的與那雙美眸對上眼，雙腳黏在地面動彈不得，微張的雙唇還來不及發出半

個聲音，青白雷光打在那人身上。

一陣劇烈的暴風將她身子捲起，然後向後推了一些距離，最後在地上翻滾多圈。

江侑希感覺到身體融入一塊虛幻的泡棉裡，一抹透明的影子當頭迎面降下，身軀彷彿被一股結實的能量撕裂。她思緒渾噩，陷入一片黑暗。

月色朦朧，婆娑樹影輕微晃動，一切那麼安靜，彷若稍早發生之事都是一場夢境。

※※※

「江侑希，醒醒！江侑希！！！回到宿舍了。」

昏睡已久的江侑希是被人用力擊掌臉頰而醒的。她瞪著動手摑臉的男同學，感覺臉頰火辣辣的疼，天知道他用多少力氣打。

「好痛……」

「誰叫妳不醒。這力道就是妳平常打我們的力道啦！」

江侑希接過李伊婷遞來的水瓶，從中倒了些水出來，抹在紅通通的臉頰上。環顧四周，她發現已經回到宿舍了。

「我睡了多久？」她沒有用昏迷的字眼，因為真的是睡著了。

「三個小時。」

三小時……江侑希摸了摸全身上下，回想起昏倒在小徑旁，不由小聲詢問：「請問是誰發現我的？發現我時，旁邊有任何東西嗎？」

「沒有呀……小希，是不是妳看到什麼了？我看到妳時，身邊都沒有任何東西。」李伊婷緊張

兮兮地問道，害怕的咬著指甲。

的確是看到一些詭異的現象。江侑希並沒有把這句話說出口，沉默的態度卻讓李伊婷以為真有其事！

「天哪，小希妳妳妳妳妳妳——」

「好了，讓小希回宿舍休息吧，我和舍監說過了，可以背妳上去。」

這回說話的是名淡金髮色的少年，他有雙冬日青亮的黑眸，彷彿投射在湖面的星辰，搭配能融化冰川的柔和嗓音，幾乎能在心底滋生出一股溫暖。

江侑希眨巴雙眼，看著班上最帥氣的班草——夏文拓。

「來。」線條優美的唇浮現令人怦然心動的笑容，他蹲下身。

「不不不用，我好很多了！」江侑希慌張搖手，作勢從地上爬起來，無奈雙腿虛弱無力，一股神祕力道從肩頸傳來，令她頓時往前傾跌。

一隻好心而結實的手臂環住她的腰，另一手則快速提起她的身軀，牢牢地環在臂彎裡。

夏文拓一直以來是班上最具人氣的男生，臉上常掛著溫暖的笑容，既有紳士風度又很親和，即便受到班上女同學的歡迎，也不受男同學們的忌妒，和每個同學關係都很要好。

從沒和班上女生湊熱鬧的江侑希，被班草用漫畫裡面的公主抱姿勢抱住，小臉不禁紅了。一手緊張抓著夏文拓的衣襟，另一手則放在胸前，不知所措。

「原來江侑希也會臉紅。」李伊婷似是第一次看見奇蹟，瞠目結舌。

隨之，許多同學笑了起來。

「嘻嘻。」

「哈哈哈哈，天要下紅雨了！」

「閉嘴！」江侑希掄起拳頭向身後那群同學示威，可惜每個人甩都不甩，依然哈哈嘻笑。

這時，江侑希看見夏文拓肩胛骨之處的襯衫破掉，白衣染上斑斑血跡。

「你受傷了？」

「對，但不要緊。我不小心摔傷的，呵呵。」

江侑希並不感到意外，夏文拓雖然受到女孩子的歡迎，身高比例完美、五官令人印象深刻、皮膚又好，但手腳卻不太靈活，很難想像有一百八十公分的少年運動很弱。

回到宿舍房間，送走夏文拓後。江侑希從李伊婷那邊得知不只有他們那輛公車拋錨，連比他們早走一小時的公車早就拋錨在半路上，而手機竟無訊號。

在李伊婷發現昏迷的江侑希後，手機訊號才恢復正常，拋錨的公車不知哪種原因恢復可行駛狀態。

「好累啊。」江侑希疲倦的伸懶腰。「伊婷，妳真的沒有看到其他東西嗎？」總覺得肩膀好重。

「……沒有。」李伊婷二度緊張，看著江侑希不停的敲打肩膀，貝齒死死咬住唇瓣。

「幹嘛？」察覺到李伊婷古怪的目光，江侑希皺眉凝視，「有話就說，不要吞吞吐吐。」

貝齒鬆開嘴唇，李伊婷畏縮、小聲地說：「小希，妳肩膀怎麼了？」

「可能太累吧，好重。」醒來後她只覺得渾身疲憊，明明沒有背什麼營地器具，肩頸在酸痛什麼啦！

聞聲的李伊婷被嚇哭了般，瞬間掉下眼淚，搞得江侑希驚詫，不知所措。

「……嗚嗚，可能有『好兄弟』，聽說肩頸痠痛就是好兄弟趴在肩膀上造成的！」

已經習慣李伊婷怕鬼模式的江侑希白了一眼，「小姐幫幫忙，妳鬼片看太多嗎？這只是單純肩頸痠痛而已！快去洗澡睡覺啦，妳不洗我要先去洗了！」她拉開衣櫃，從裡面拿出換洗衣物和浴巾。

江侑希離開房間前去共同浴室，不由笑了笑。李伊婷喜歡看鬼故事、看鬼電影，卻害怕鬼，根本是自討苦吃。和李伊婷認識兩年，凡是自討苦吃被嚇哭時，不要理就是，過段時間自然就忘記「鬼」。

打開水龍頭，江侑希掬起一把清水撲上臉龐，擠出一枚一元銅板大小的洗面乳往臉上抹。她一邊哼著歌曲，邊低頭洗臉。

清晰乾淨的鏡面浮現一抹淡淡的男性身形，那抹影子飄盪在江侑希上空。搓揉臉龐的江侑希忽地一頓，總覺得肩頸瞬間少了許多重量，還有一股寒涼之氣絲絲縷縷拂過脖子，由上而下順流背脊，直達尾椎。

她抬頭望著鏡子裡面的自己，又轉頭觀察偌大的浴室，覺得自己想多了。

「都是李伊婷亂說話！」

直至洗完澡，江侑希並沒有覺得哪裡奇怪，只有常感覺到有人在看自己，可是浴室內只有她一人，哪來第二人？

夜風夾雜一股虛幻的寒意猶如畫圈般搔癢後頸，站在窗邊擦拭頭髮的江侑希猛地僵住身軀，她伸手摸了摸脖子，又探頭望向窗外，附近沒有樹木、宿舍位居六樓，不可能有人能爬得上來。

可是方才感覺到的搔癢是什麼？

正準備進浴室洗澡的李伊婷看見江侑希一副草木皆兵的模樣，又要哭出來。「小希，外面有什麼嗎？不要嚇我啊！」

「快去洗澡！」江侑希不耐煩地擺了擺手，懶得解釋，一解釋的話，李伊婷又要想東想西。

豈料女孩居然抱著換洗衣物縮回床邊，「我、我我我我決定今天不洗澡了。」

「李伊婷，妳很髒耶！玩了兩天居然不洗澡！」

李伊婷抓住江侑希的袖子，半拖半拉下拖到浴室外面。「我怕嘛，小希，妳站在浴室外面陪我，要一直跟我說話喔！」

江侑希靠在門邊，把吹風機帶來浴室吹髮，邊聽著李伊婷聊起今天晚上的事情。

「小希，我想起一件事情。回宿舍途中，我在馬路旁邊看見一個巨大的……殼？唔，應該是殼還是皮的。總之很像爬蟲類動物的脫皮。」

「應該是比較大隻的蛇吧。」那麼大隻的爬蟲類動物外皮挺噁心的。

「蛇……嗯，我想有可能。因為那條外皮好長，大約有一百八十公分左右的人類身高那麼長。」

人類身高……腦海不由自主浮現從黑洞跳出的人形蟲子。那隻蟲子的身材很高、兩條細長的觸鬚、兩隻胳膊長滿尖銳鋒狀的針刺。

有幾公分呢？江侑希在腦袋裡筆畫幾下，似乎正如李伊婷所說，有一百八十公分！

「小希、小希！」許久等不到江侑希回應的李伊婷，驚慌失措推開浴室的門。江侑希嚇了大跳，實在拿她沒有辦法。

「我在我在。」

「都不說話，我以為妳不在！」

之後兩人從蟲子外皮聊到昆蟲的類型、學校的八卦。直到關燈就寢，李伊婷睡著後話題才宣布結束，江侑希終於能耳根子清靜。

疲憊了一整天，江侑希一沾床便沉沉入睡。

這夜，疲倦的月亮依舊躲在雲層後面不肯露面，僅有幾顆明亮的星子靜靜懸掛高空。敞開的窗扇吹進涼爽的夜風，窗簾啪噠啪噠地晃響。

宿舍兩個同學一間房間，床鋪採用上下鋪的方式併排靠牆之兩側，床鋪下則是學生的私人書桌。

一團透明的影子從女孩纖瘦的身軀竄出，懶洋洋地伸展開來。影子有修長的雙腿、男性結實的手臂，昂挺而厚實的背部。

隨著影子逐漸成形，色澤越來越濃，近乎能看見真實顏色。銀藍色柔軟的瀏海遮掩住飽滿的額頭，只露出一雙如大地嬌嫩的碧綠色眼睛。

飄逸如仙的姿態緩緩坐在床邊，天花板的燈光將那張好看的臉龐描繪出輪廓。

半夢半醒間，江侑希夢見以前住在鄉下的時候，隔壁的男孩子時常早上拿紅豆敲打她的窗子，叫醒自己，來到都市讀書後，再也沒見過男孩。

微微掀開眼簾的江侑希看見窗邊坐著一名俊俏青年，青年穿著一襲剪裁合宜的行裝，腰上垂掛著編製精美的華繩，衣邊線條採用金黑色的織線縫紉。他的下巴微微上昂，勾勒出高傲貴族的氣息，又有些孤高的王者氣度。

江侑希傻笑了下，腦袋裡僅閃過：好皮囊果然穿什麼都好看。

「又要拿紅豆敲我窗戶嗎？哼。」江侑希分不清楚現實還是夢境，小聲地囈語著，煩躁地抬起

一腳踹向青年，卻踹了個空。

以為自己沒踢到目標物，江侑希二度抬腳掃過。「我才剛睡耶，還沒早上吧……哼！可惡的傢伙。」

「哼……」低沉而簡略、近乎不可聞的聲音如耳語般響徹腦海。

——如今鄉下的男孩，長大後也成為這麼帥氣的青年啊……慢著，不對啊啊啊啊！宿舍在六樓，我現在人在都市就學！

而且最後那聲「哼」，不是我哼的啊！

是誰？是誰坐在床邊?!江侑希強迫自己從夢境中醒來，頓時頭很暈，眼前晃得如大地震。她兩手掄起拳頭狀，用力敲敲腦袋定眼一看——

室內暖黃的光線為那菱角分明的臉龐鍍上一抹神祕，連同他筆挺的身形也一一臨摹出柔美與剛毅的線條，以及輕微抖動的毛茸茸狼耳，此時雙腿踩著的雪色長靴確實落在被褥，卻古怪的飄浮其上。

他緩緩抬起臉，抬手撩起銀藍色髮絲，更顯濃眉下的那雙冷凝如一潭深水的碧綠色雙目清晰易見。

江侑希被那張好看到極致的臉孔電傻了，可當看見明明該落在被褥上的長靴應該有痕跡，卻只看到一片平坦，腦海頓時迸出李伊婷說的貝殼殉情事件。

男方的屍身被女方捅個稀巴爛，從此以後冤魂不散。

喔……老天爺，她該不會是太鐵齒，真的把怨靈帶回家了吧！

江侑希倒抽一口氣，雙腿早已發軟，不受大腦控制膽小如鼠的爛在床上動彈不得。她抓緊被

子，矇住整顆頭，嘴裡喃喃自語：「大爺你行行好，我會燒很多錢給你，拜託速速離去。」

「別壓我、別壓我啊！」她緊張到瑟瑟發抖，用著毛毛蟲的姿勢向床邊另一側挪動，咦？沒被壓床！

沒被壓床代表鬼走了？

江侑希心中湧起振奮之力，悄悄從棉被中探出雙眼，卻發現俊美青年仍然端坐在床邊，皺起濃眉一發不語的瞪著自己。

驚惶失措重新蓋住整顆腦袋瓜。「哇啊！阿彌陀佛、阿彌陀佛、阿彌陀佛……」她探出棉被看向熟睡如死豬的李伊婷，「伊婷嗚嗚嗚！」

原來夜路走多了，也會碰到髒東西，嗚嗚，她太鐵齒了。

「喂，妳說誰是髒東西？」

內心浮現N個驚嘆號，江侑希一把掀開棉被，瞪大眼睛看著狼耳青年，她從沒說出髒東西是他，他為何知道的？

思及念頭，只見狼耳青年輕微抖動一下濃眉，緊繃的臉部線條稍微鬆動，可那雙碧綠色美眸慍意加溫。

處於風聲鶴唳狀態的江侑希將他每一分細微的表情都細細看在眼內。就像現在青年伸出一手，她便緊抓棉被，擋在彼此之間。

「不要過來！」

青年充耳未聞，靈活翻身，雙腿跨於江侑希身上，兩手壓著床鋪，定固在頭兩側，與其說是臉紅心跳的床咚，現下對江侑希來說，這是鬼床咚！

「嗚嗚嗚，我真的會燒錢給你，貝殼我也不亂拿了！」這回江侑希是吃到苦頭，頭一次嚐到撞鬼的經驗，誰叫她以前太鐵齒，所以才這樣懲罰自己嗎？

青年有些頭疼和不耐煩，很多事情必須向她解釋，可是這個女孩只會叫叫叫，幸好還沒哭，否則他會忍不住爪子伺候。

「嘖，歇斯底里的蠢蛋女人真麻煩！」

青年瞇起眼眸，緩慢的向被困在臂彎之間的女孩傾去，雙目對準雙目、唇瓣對準唇瓣，胸對準胸、雙腿對著雙腿，如此契合的姿勢……他的手指忽地捏住她的下巴。

碧綠色眼眸裡映滿女孩因驚愕而微張的小嘴，他內心盪漾著一絲迫切與渴望，急得想融入體內的慾望，這些情緒一一顯露在逐漸濁亂的綠色眼眸裡。

江侑希腦袋裡只剩下一句話：原來不只被鬼壓床，還要被鬼強吻？她無法反抗，一股牽繫的彼此的未知引力拉扯著，只能眼睜睜看著越來越靠近自己，甚至想融入體內、深入骨髓的俊美青年。

第二章　失去記憶的背後靈

一股輕柔看似強硬的男性唇瓣附了上來，乍看之下要吻人，江侑希卻感覺到涼涼的氣息縈繞鼻間，沁涼的溫度蔓延四肢。

她分不清楚究竟發生什麼事情。緊接著，神智受到擠壓，被迫遠離自己的身軀，可下一秒靈魂被拉扯貼近，有兩抹光團彷若夏日的螢火蟲，在黑暗中徘徊。

有那麼一瞬，江侑希感覺到四肢被巨大的力量撕扯，那種感覺不是被拆解掉手腳，而是骨骼富有生命力般，向外擴展開來，就像一匹狼，生長出柔軟的毛髮、爆發力的獸爪，以及能發出呼哧呼哧的獸音。

然後，不斷地奔跑，在廣袤的草原急速奔跑，胸腔盈滿惱怒，她覺得很累，可是感受到自己不斷地奔跑，四肢有著源源不絕的能量讓她持續下去，直至達到目標。

眼前一隻人形的蟲子唇邊掛著邪惡的微笑，欲墜要墜的笑容令人膽寒。青白色的雷光四射，漆黑的洞口彷彿吸盡所有物質。似曾相似的引力令她想起黑色洞口。

驀地，右胸口的劇痛讓她幾乎昏厥，可腦海中殘留的堅忍逼著她往前衝、衝入那伸手不見五指的黑洞。

一道青白雷光打在她身上，剎那間，彷彿浸泡在深海之中，被無數海草纏繞住、束縛住呼吸。

江侑希瞠大雙目，纖細的手腕被一隻大手緊緊握牢，用力拉起。感覺到靈魂衝破囹圄，而她像是獲得氧氣般，用力、大口呼吸空氣。

江侑希滿身大汗躺在床上，面前依然是有著狼耳的男鬼。她思緒有些脫節，尚未反應過來，就聽見他說：

「我是狼族，不是鬼。」單手撩起額前的銀藍色瀏海，暈黃色的燈光打在纖捲的睫毛，將美麗的碧綠色眼眸刷上一層晦暗。

江侑希愣愣凝視著他，眸子掃過他頭頂那對狼耳朵。她情不自禁地伸手撫摸，卻觸了個空。這是靈體，並不是實體。

青年看見她的舉動，那張本來就白皙的臉龐更加蒼白了。

「我是狼……不是鬼……唔！」他的聲線低低的，緊蹙的眉頭有些痛苦。青年抬手撫著額頭，緩慢的漂移挪動，坐在床邊，當著她的面，身影逐漸化為煙幕消散。

江侑希驚詫，伸手想抓住他，依舊抓了個空。她左右張望，夜依然寧靜、李伊婷滿足的打呼聲、秒針發出滴滴答答清脆的聲響。

好似那位清朗俊逸的幽靈從未出現過，這一切全是夢境。然而……深深烙印在手腕的痕跡不是夢，真實存在的，餘溫未散，久久纏繞心房許久。

※※※

隔天一早，江侑希是帶著一雙黑眼圈起床的。當她起來後，手腕那圈握痕尚未消失，讓她想起昨晚發生的事情。

放在床頭邊的手機響起震動，她滑開一看。

李伊婷：睡豬希，我先去學校囉，會幫妳買好早餐^0^////

是誰像睡豬啊，昨天我看到鬼啊！誰知妳居然睡得像肥豬！好朋友間的義氣這麼脆弱嗎?!

江侑希在心裡碎碎念，快速跳下床鋪，打算在十分鐘內解決梳洗。背對門口脫掉睡衣，套上學校白色制服，她邊扣鈕子，一手拿起梳子。眼角餘光瞥見一個身形站在門口，她隨口說：

「李伊婷，妳忘記什麼了？跟我說一聲，我幫妳拿去教室，不用特地回來吧。」

那人依然不動聲色，江侑希覺得不對勁，握緊手中的梳子，警惕轉身凝視對方——

咚的一聲，手中的梳子滾落在地。江侑希目瞪口呆地看著佇立在門邊的青年。

修長的身材，清朗冷冽的面容彷彿掃去了所有塵埃，只剩下孤寂，挺胸昂然的身姿像極了軍人，可偏偏有種神奇的魔力，眉梢眼角透漏無可掩藏的傲然之氣，連同那雙寒星般的綠眸更是讓人無法忽視。

大白天再細細打量這位幽靈，那種震撼與驚詫無法和昨夜相比，孤高冷漠的氣質更加明顯。

青年清澈的綠眸掠過一抹深思。就在江侑希張大嘴巴，一副要驚聲尖叫時，他拋了一記冷眼。

「閉嘴，我不會傷害妳。」

江侑希才不相信他的話，昨天晚上把自己壓在床上，還偷親？不對，有沒有偷親她也搞不清楚，比較像搶身體。

想到這裡，江侑希緊緊捏住衣服，雙手交叉橫在胸口，「不准對我身體胡來喔！絕對不會讓你搶走！」

青年面頰動了動，「喂……」話還沒說完，就被女孩打斷。

「喂什麼喂，我叫江侑希，有名有姓好嗎？你一個大男生搶女生的身體做什麼，幹嘛不快點去投胎！我知道你是殉情而死，放心好了，我就幫忙幫到底，一定會燒錢給你，這樣可以了吧？」

青年忍無可忍的打斷江侑希，「我昨晚給妳看的記憶片段，都在妳笨腦子變成一團爛糊嗎?!」

呃？江侑希茫住了，這位外表清冷、看似優雅貴族的幽靈居然罵她的腦子是糨糊？

沒等江侑希氣惱回話，青年繼續往下說，伸出一根食指：「我是狼族，因追殺納撒蒙哥蟲族而進入蟲洞，然後……靈魂出竅。」說到靈魂出竅，眼神暗了幾分，宛若掀起漣漪的湖面，難以看清楚湖底景色。

江侑希動了動嘴唇，努力從震驚中找回自己的聲音，「這世界哪來的狼族？你是哪裡的狼族？」這世界只有狼，但沒有長耳朵的人類，何況還是隻幽靈！

「我……不知道。」青年困擾地闔上眼簾。

「納撒蒙哥蟲族是哪裡的蟲子？」

「我……不知道。」青年指腹壓著額角。

江侑希快暈了，連自己哪裡來的都不知道，追殺的敵人是哪種身分也不知道！

一見青年痛苦的皺緊眉頭，她有種不妙的預感。

「那你叫什麼名字？」

青年沉默許久，久到江侑希已經梳好頭髮、上課用的教科書都準備好，他仍然沒有開口吭半個音節。

「我要去上課了。」

「傑……」青年低低喊道，綠色眼眸裡已無幾分鐘前的遲疑，而是堅定且確信。「我叫傑。」

江侑希鬆了口氣，幸好這位幽靈先生還記得自己叫什麼名字。她點點頭，俐落轉身，飄揚的棕色髮絲彎起炫麗的弧度。

即便青年是幽靈，但江侑希發現他很實體，不自覺把他當作真正有一個人堵在門口。刻意越過青年，她離開房間，走了幾步後卻發現傑正跟著自己。

她用安撫迷路孩子般的口吻說道：「你跟著我幹嘛？你先待在這裡，等我下課回來我再幫你想辦法。」江侑希不知道青年幾歲，看來也不需要知道，長狼耳朵的妖怪，應該歲數不小吧。

傑雙手環胸，「要是能離開妳，我會馬上離開，誰稀罕附身在一個女孩子的身體裡。」

「附、附附附附身？」

看她一副搞不清楚狀況，腦袋不知道長在哪裡。還沒意識到自己體內有兩個靈魂嗎?!

「不是快遲到嗎？」在江侑希還沒起床時，他已經看過夾在書桌透明墊子下的課表。

「啊啊啊，這堂課老師很機車，都是你絆住我啦！」遲了些反應過來的江侑希慌慌張張衝下樓，馬達全開衝向教學大樓。

「是妳自己睡到都流口水了，連妳同學叫妳都沒反應。」

他的聲音聽起來很不屑，聽在江侑希耳裡覺得很刺耳。

「那是因為你昨天晚上突然出現，干擾我睡眠！」江侑希三步跳上階梯，爬到位於教學大樓四樓的視聽教室。

就在她大聲反嗆後，迎面而來的一名男同學用著「古怪」的眼神看著女孩，還左右張望尋找是否還有另外一個學生存在。「小、小希，妳在跟我說話嗎？」

江侑希用書本遮住嘴巴，滿頭汗水已分不清楚是冷汗還是因為爬樓梯而流的汗水。她訕笑搖

頭，「沒、沒事。」

男同學哦了聲，拋下一句話便快步離去，「小希快進教室喔，老師快來了！我要先去廁所。」

「哼呵……」一旁漂浮在半空中的傑發出看熱鬧的低笑聲。

啪的一聲，江侑希覺得腦袋裡有根理智線斷掉了。她氣騰騰的轉身，抬頭仰望漂浮在半空中的傑。

「笑什麼，你能不能閉上嘴。」一邊說著，江侑希心有餘悸左右張望，深怕又被別人看見和空氣說話。「在外面，請不要和我說話。」

傑挑眉笑了，「我沒和妳說話，是妳硬要回嘴。」

江侑希氣炸，她回一句他頂一句。「我不理你了！」

說的容易做得難，要忽視一個背後靈是根本不可能的事情。剛說完，江侑希因為急忙跑去教室，索性兩步當作一步跳下階梯。

一個不留神，重心未穩，竟踩了空。

傑瞪大眼睛，下意識的伸手試圖拉住女孩，旋即收手，綠眸一凜，直直往女孩的身軀衝去——

「啊啊啊呀！」江侑希措手不及，雙手在空中亂揮，豈料下一秒背後一陣風吹上脖子，她感覺到一股碩大的物體竄進體內，很像昨夜幽靈緊密地鑽進身軀，那種緊密、深入骨髓的融合令人心慌意亂。

江侑希感覺到自己飄盪在半空中，彷彿乘坐在雲朵之上，腳下一片空虛。聽見咚的一聲，她驚疑不定的睜開眼，只見有個和自己長得一模一樣的女孩佇立在走廊上，棕色髮絲凌亂散在肩上，眼眸冷靜如無波的湖水，唇角挽起滿意的線條。

江侑希登時愣住，心裡想著：我人明明就在半空中，那看著我的是誰？難道……不會吧！

思及此，她面色霎白，抖得如秋風掃落葉般，眼眶泛紅，眼淚幾乎要掉下來。

在江侑希開口說話前，操縱女孩身軀的傑冷靜說道：「放心，妳沒死。我說過了，現在我們是生命共同體。」

「告訴我為什麼會這樣?!把我身體還來啊！」江侑希噙著幾滴眼淚，強忍不哭。她飛向傑，想抓住他逼問。也許是第一次靈魂出竅，飛行力量一時沒有掌控好，竟直直穿過自己的身軀。

「如果我知道就好了。」傑嘆了口氣，「可能是星玄的關係，唔，就是蟲洞的能量讓我靈魂出竅，進入到妳身體裡。」

媽呀，這不是被鬼跟，而是被鬼附身！！！！

整堂課程江侑希煩躁地抓頭髮、用手拍頭、手指拚命轉著原子筆，努力接受傑的存在，承認自已有了一個「背後靈」。

昨天晚上打包回這隻幽靈、然後她還洗澡了……該不會他已經全部看光吧?!

就在她這麼想時，傑的聲音從窗邊飄來了。「放心我沒興趣看沒胸沒臀沒腰的女孩。」

可以不要把她嬌美的身體貶得一文不值好嘛！江侑希轉頭想開罵，可是看見眼前的景色，到口的話吞回肚子。

絲綢般的銀藍色頭髮流淌在肩膀，深邃迷人的綠色眼眸似笑非笑的凝視，窗外那縷金色陽光在他身邊點綴出美麗的光影，不得不說，這幅景象勾勒出恬靜溫柔的質感，蕩漾在她已亂心緒的心湖。

「怎麼，迷戀上我了？」

死妖孽。她在心裡忿忿地怒罵，同時間也看見他的眉頭動了幾下，蠕動的唇形說著：沒氣質

女孩。

「江侑希！」

老師的喊叫令她精神一振，迅速起身，「是！」

「上課不要東張西望！」

「對不起，我知道了！」

接下來，江侑希腦袋塞滿傑說過的話、以及昨晚發生的景象。下了課，坐在前面座位的李伊婷一屁股坐在江侑希前面的空位。

「小、小希，旁邊有什麼嗎？妳為什麼一直看旁邊？」

「沒、沒有別的啦！」一滴冷汗從江侑希背後流下，要掩飾沒有和幽靈談話，真的很困難。

「小希，妳要不要去收驚？」拿著一瓶冰寶特瓶水的夏文拓走過來，放在江侑希臉上，溫柔地問：「還好嗎？妳都流汗了。」

「對啊，文拓，我跟妳說，昨天小希實在很奇怪，害我昨晚害怕死了，難以入睡！」

小姐，妳昨天睡死了，連我被鬼壓床都沒發現！江侑希內心OS滿天飛。

「謝謝。」江侑希靦腆地抿唇笑了笑，接過夏文拓遞來的開水。然而這個笑容看在傑的眼裡卻是吐槽。

「哼呵，看不出來妳也有羞答答的一面，原來妳欣賞這類型的男生。」

江侑希下意識擰眉瞪向傑，卻嚇到圍繞在自己身邊的李伊婷與夏文拓。尤其是李伊婷，眼淚要掉不掉，從椅子上跌下來。

夏文拓趕緊扶起李伊婷，李伊婷卻縮到夏文拓身後，驚懼的指著江侑希身後的那扇窗戶。

「小希，妳就實話實說，妳一定看得到那個東西，嗚嗚……他（她）會害我們嗎？」

「有點嚴重吶，小希，我覺得妳必須去收驚。」

「沒錯，妳必須去收驚，否則我就不讓妳進宿舍！」

江侑希晴天霹靂，趕忙安撫李伊婷，「好好好，我去我去。」其實她正有此意，和傑相處不到一天，已經快受不了，如果請師傅驅趕走就沒事了！哈哈哈！

江侑希背對著坐在窗台的傑，沒有注意到那倏然暗下的碧綠色眸子，眉梢眼角泛起一圈顯而易見的憂傷與孤寂。

江侑希忙安撫李伊婷，從口袋裡拿出一顆薄荷糖果，薄荷的味道很香，即便包著包裝紙，那股沁涼的味道縈繞在三人之間。

李伊婷還未接過，就聽見夏文拓罕見的大聲喊叫：

「拿走！把那個東西拿走！」

江侑希以為夏文拓是看到什麼，卻發現他充滿恐懼的目光正盯著自己手裡的薄荷糖。

夏文拓的反應令她覺得很古怪，可是每個人都有討厭害怕的東西，她曾經碰過小時候被媽媽強迫吃紅蘿蔔的孩子，長大後看到紅蘿蔔怕得要死。

想了下，江侑希充滿歉意的扔給李伊婷。一轉頭，傑正用若有所思的眼神直勾勾鎖住夏文拓，眼底的微光彷若一團微弱的火焰。

放學後，江侑希慢吞吞的由李伊婷拉去附近知名的收驚寺廟。她之所以慢吞吞並不是不想收驚，很想盡快擺脫幽靈沒錯，但是傑望著夏文拓的古怪眼神佔據腦海所有思緒，再者，後來再也沒

有聽見傑的吐槽，靜得彷彿他不存在。若不是仍看得見傑坐在窗邊出神發呆，恐怕會以為背後靈離開了。

最後，她不太相信師傅有辦法趕走背後靈，現在的情況不是被鬼跟，而是被鬼附身，又比附身還有複雜的情況，一個身體有兩個靈魂在使用。

唯一能解決現況的方法是傑必須想起記憶，並重新找到星玄。

「我受傷了，中了納撒蒙哥蟲族的毒。」毫無預警的，漂浮在江侑希面前的傑竄出身影。

幸好李伊婷跑去便利商店買飲料，江侑希身邊沒有人，只要小聲談話，更不會被路人發現，或許是時機恰當，傑現身說話。

「毒？」

江侑希靠在牆壁，雙目盯著在便利商店裡面挑選飲料的李伊婷，和傑應對自如。

傑飄挪緩緩降落在一側，「納撒蒙哥蟲族的體液有一種『宿』的毒液，不對。應該說納撒蒙哥蟲族將宿進行轉化，變成『蝕』的毒液，會把生物體內的血肉啃食乾淨，形成成蟲，意志力強者，就有百分之十的機率把蟲逼出來，意志力薄弱者，會自殺結束生命。」

傑的態度和口吻非常嚴肅，連江侑希也不禁感到棘手。

「這麼嚴重……那有方法能逼出蝕嗎？」

「我們狼族對宿稍微有抗體，對付蝕，或許能用相同的藥劑。雖然距離遙遠，但我能感覺到靈體和身體仍有一條線牽著，代表正在接受治療。」

對於身體能否恢復健康，傑自己也無法確定，但他知道族人們會設法將他從鬼門關救回來。

「那身體康復，你就要回去了？」

「回去之前，我得解決那隻蟲王。我知道他跑到這裡了，若不好好處理，就會危害到這裡的人類。」

江侑希忽然想起昨晚看見黑洞跑出一隻人形蟲子，便和傑說明。

「你的意思是，你要處理？」

沒等到傑的回答，李伊婷已經結完帳走出便利商店。

江侑希當作沒看到傑，和李伊婷有說有笑，為了不讓李伊婷擔心自己又亂看，她沒留意傑的行蹤。

儘管沒有得到傑的回覆，但他那一席話已經在江侑希內心投下疑惑。現在傑變成只能寄居在自己體內的幽靈，要怎麼處理蟲王？

不過跑到這世界的蟲王，放著不管實在令人擔憂。

而且……傑連自己的身軀在哪都不知道。如果把他驅逐出去好嗎？

江侑希開始變得優柔寡斷，至少現在他沒有害過自己不是嗎？

寺廟的師父在桌上放置一杯清茶，然後在面前放在三隻香，胸、面前上下擺動，嘴裡唸著收驚咒，接著用手中的三隻香敬茶杯口上寫了幾字、畫圈。

從頭到尾江侑希心情倒是很輕鬆，心裡自然期望能把傑驅逐出去，但一方面不忍心。收驚儀式從起頭到結束都不見傑的人影，這令她擔憂起來人不知道去哪了？是真的已經離去嗎？

可是她的身體完全沒感覺呢……

直到走出寺廟回到宿舍，江侑希仍然沒有看見傑，也不好意思當著李伊婷的面找尋不存在的生物，只得趁著李伊婷去洗澡時，等待傑是否會出現。

搞什麼，連離開都不講一聲嗎？讓我擔心死了！江侑希咬著嘴唇，內心叨唸著。

就在這時，床邊浮現一抹碩長的男性身形。他雙手放在身側、單腳屈膝，看起來十分愜意，碧綠色眼眸染上一抹罕見的朝陽溫暖，與原先嶄露的冷酷獸性糅合成兩股截然不同的氣質。

「怎麼，很擔心我？」

江侑希鬆了口氣，可是又不想承認很擔心他，於是抿起唇、撇過臉低哼一聲，「擔心個鬼啦！」

「哦，這麼直截了當坦承擔心我，不害臊嗎？」他挽起一抹彷彿能融化冰川的美麗笑容，唇角微勾的弧線令人感到如夢似幻。

江侑希的臉騰的紅了，「誰誰誰誰誰擔心你啦。」

「有呀，妳剛才承認了，擔、心、個、鬼。」最後幾個字，他刻意放緩語調，咬字清晰。

江侑希登時語塞，好樣子，居然抓她語病！她吞了口口水，理直氣壯頂回去，「你不是常說你不是鬼嗎？」

「我不是啊，但妳常說我是。」說著同時，他俐落跳到她面前，濃眉揚起，食指放在她的紅唇上。「我縱有千百張嘴，也敵不過妳這張小嘴。」

雖然他是幽靈，彼此觸碰不到對方，可是江侑希竟感到一陣小鹿亂撞。那隻修長勻稱的美麗手指擱在她的唇上，僅有釐米以內的距離，還說著讓人誤會的話語。

傑的視線不著痕跡掃過江侑希的臉龐，然後收回手，飄回床邊。

「傑，剛才收驚時，你沒事吧？」雖然她覺得光是收驚很難處理掉背後靈，但不曉得對身為幽靈的他有沒有影響。

他睞了她一眼，「沒事。我知道妳想要我走，但很抱歉，我目前走不了。只好委屈我這尊貴的身軀，暫時居住在妳身體裡。」

江侑希直覺地反駁：「我才沒有想要你走！」

他突然轉頭，目不轉睛盯著，像是能看透她內心每一分每一寸的角落，令她頭皮發麻。「沒有？」唇邊挑起的弧度完全不帶半點笑意。

江侑希詞窮了，的確一開始有，甚至在收驚時，儘管內心仍拿不定主意，只好交給上天來決定。

傑別過臉，幾縷銀藍髮絲從額際邊垂落，在頰畔飄揚，將那菱角分明的側顏勾勒出迷人的風采。他的態度看似默不關心、絲毫不在意，可是被眼尖的江侑希捕捉到剎那間的哀傷。

傑是在意的，可是並不想把真實一面顯示在眾人面前，只能用孤傲的態度偽裝自己。

內心彷彿有個東西塌陷，江侑希深呼吸，爬上床，坐在他的旁邊。「你還沒回答我一個問題的答案。」

「什麼？」他頭也沒抬的應答。

「你要處理那隻蟲王？」

傑沉默了會兒，手裡把玩著腰間的華繩，然後又聽江侑希說：

「我很擔心蟲王傷害到我身邊的同學，但是我沒有把握能幫助你什麼，我猜……唯一的用處就是這具身體吧。」她撓撓頭髮，自顧說下去，「我想幫助你，陪你找回記憶，所以不要再露出寂寞的表情。」

女孩溫柔細語的言語看似是顆小石頭，但在他心湖深處激起一圈圈的漣漪，一扇封閉已久的大門正因此出現裂縫。

傑喉頭忽地哽住，碧綠色的眸子閃了又閃，微微偏過臉，凝視身畔的女孩。

只見江侑希白皙的臉蛋泛起淡淡的紅霞，雙唇緊抿，放在身側的小手緊了又鬆，鬆了又緊。

他緩慢的伸手想觸碰她的手背，可是下一秒卻見她手抓了抓頭髮。

傑扯動唇角，口是心非地說：「妳看錯了，我並沒有感到寂寞。」身為雪狼的族長，在他人面前是不允許露出脆弱一面，更別談在只認識一天的人類女孩面前示弱。

江侑希神色暗下，輕聲回道：「哦。」這部分，她不想唇槍舌戰。

門外傳來腳步聲，李伊婷已經洗完回來了。江侑希俐落跳下床鋪，拿起換洗衣物離開房間。

望著她那消失在門板後的身影，傑煩躁地抓了把瀏海，自嘲笑了。

方才竟感到溫暖，許久沒有人這樣對自己說了，自從當上雪狼的族長，只有族人向自己申訴、抱怨、表達心事，而他唯一能做的就是聆聽，給予適當的解決方式，從來沒有人知道自己其實很孤單。

白天在學校聽見江侑希的心音，他內心有說不出的苦澀，甚至就隨便她去了，被逐出這具身體，在異世界飄盪算是他的命運吧。

可是追殺蟲王的記憶越來越清晰，他想起自己的母星、族人，事情發生的前因後果，甚至懷疑夏文拓時，有個想法在腦海成形。

他要找到蟲王並解決，找到星玄回到克坦尼亞母星，就算肉身死亡，他也要在母星飄盪，而不是在別的星球當孤魂野鬼！

既然江侑希要幫忙自己，那他也不推託，的確需要她的幫忙——便是她那具身軀。

第三章　飼養幽靈教戰手冊

「呀啊啊啊！」

甫睜開眼的江侑希就被懸浮在天花板閉目、卻不知道是否真的在睡覺的幽靈嚇了大跳。

「小希，妳怎麼了？看到蟑螂嗎？」

自從帶江侑希收驚回來後，李伊婷明顯已經對鬼怪鬆懈，不會緊張兮兮瞧著江侑希是否又看到不乾淨的東西。

李伊婷很相信寺廟師傅，相信到每天早上江侑希一尖叫，直接問是否又看到蟲子了。

和幽靈相處已有多天，江侑希遲遲無法習慣每天早上睜開眼，對上一張帥氣的臉孔，這種驚悚程度就和睜開眼，發現一個男生躺在妳身邊睡覺一樣，兩人還衣不蔽體，晚上滾床單去了。

「沒事，被一隻蟲子嚇了一跳。」江侑希虛脫地躺在床上，凝視飄浮在半空中，單手托著下巴的傑，他的眼神好似在說：都相處幾天，還被嚇到，真沒用！

「喔。」李伊婷背對江侑希的床鋪，手動換上一件漂亮的洋裝。

江侑希察覺傑的目光若有似無飄向李伊婷，急忙使個眼色過去，再看，挖掉你的眼睛！

「妳一大早要去哪？」江侑希翻身坐起，用手指簡單梳理頭髮。

「今天要去聯誼呀～」李伊婷很高興，一邊搖頭晃腦的哼著歌，「晚上不回來囉，我有申請外宿，我們要去夜唱。妳真的不去？」她一手拿著粉餅，瀏海往上綁住，臉上還有未推開的妝。

「不了，我對聯誼沒興趣。」

「那好吧。」

江侑希沒再和李伊婷聊天，梳洗完畢後，李伊婷已經上好妝，提著包包準備出門。

「我看不是沒興趣，是沒人追妳。」背後飄來涼涼的揶揄話語，江侑希眼見房間只剩下自己一人，索性自然與青年對話。

「有沒有人追我，關你什麼事情。身體是我的又不是你的。」江侑希臉上露出促狹的微笑，「何況，我比較好奇公狼和母狼之間是如何交流感情的呢。」

聽出她話裡些許的曖昧成分，傑難為情的別過臉，然後拔高音量想掩飾自己的侷促。

「我哪會知道，妳自己不會去看百科全書嗎？腦子不知道長哪去了。」

「書本上的再詳細，也不會比你親身經歷還要詳細呀。」江侑希臉上有掩飾不住的笑容，有時候逗弄這隻幽靈挺好玩的。

她從書桌底下搬出一個小盆子，然後還有一個放狗飼料的小碗。

傑從昨天晚上就很好奇，她買這個盆子做什麼，也沒見她拿來洗衣服或盥洗用具，只見她跑去交誼廳的冰箱拿出一塊三明治，衝回房間扔到盆子裡。

到了這一刻，傑終於管不住好奇心，開口問道：「妳現在在做什麼？」

江侑希拿出打火機，拋了一記你在說廢話嗎的眼神給傑，「燒給你吃啊。我看一本書這樣說的，鬼無法使用人間物品，只能用燒的方式讓鬼拿到。」

順利點燃三明治，她又從書架上抽出一本舊舊的書籍，封面上有著標準粗體的書名：《養鬼物

語》，內頁貼上顏色不同的標籤，看得出來江侑希很認真研讀此書。

傑感覺到額頭青筋跳動，「信這種垃圾書的人是笨蛋。我看妳沒腦子就算了，居然信這種偏方。鬼在哪?!」

江侑希眨了眨眼，無辜地瞧著傑，「遠在天邊近在眼前。呃，不對，近在身體裡。」然後，不意外看見傑氣急敗壞地大吼大叫。

「我說過，我不是鬼，是雪狼！雪狼！！！！妳這沒腦子的女人！」

江侑希覺得自己腦袋肯定出問題了。和傑相處久了後，漸漸對他難聽的字眼習以為常，反而還會咻咻笑出來。

傑沒好氣的嘟囔聲，「果然是個大笨蛋。」

「我以前都這樣養我家的奶娃，只是多了燒食物的步驟。我也不知道你應該吃什麼，既然是狼，總不可能吃飼料。」她可是思考很久，看書才學到這招。

「誰是奶娃？」傑聽著，總覺得奶娃似是孩童之類的。

她俏皮地眨了眨眼睛，「我家的小老鼠呀。牠超可愛的，每次都把飼料通通吃光光。」說到以前飼養的寵物，江侑希臉上浮現溫和的笑容。

「妳……把我當老鼠？」傑登時僵了臉色，眸色沉了幾分。

「我只養過老鼠，沒養過幽靈耶。」江侑希眨巴無辜的眼睛，心裡快笑翻了。見他面如死灰、臉色鐵青的模樣，心裡彷彿報了仇，一陣爽快。

最後傑只是不屑的哼了幾聲。江侑希瞧了瞧他，爽快到哼歌表達現在的好心情，彎起的笑弧都要越過眼角了。

他瞧著女孩開懷大笑的模樣——她是個有幾分姿色的美麗少女，五官娟秀、柔嫩的白皙皮膚、猶如海藻柔順的棕色髮絲，尤其當她笑時，瞳仁深處似乎能捕捉到剛下過雨，停留在嫩葉上的露珠，閃動清亮耀眼的光芒。

他的族人裡面，甚至在母星，完全沒有看過如此美麗眼睛的人，可是每當他覺得疲憊時，便會去海邊凝望不見盡頭的蔚藍色大海。

所以靈魂離開身軀前，就因那雙亮眼的眼眸深深吸引目光。

江侑希仍笑著合不攏嘴，「不過你怎麼沒有收到三明治？三明治都燒成灰燼了呢。」

看著那雙美麗的眼眸，傑的語氣不由自主緩和，出奇地解釋道：「幽靈和鬼是不同的生物。鬼是死亡後對人世間殘留一些願望與意念而形成的形體，但幽靈是肉體未死，靈魂出竅變成一具不像生物的靈體。」

「吼，寫這本書的作者一定沒有好好查過資料，要是我來寫肯定會出書的！」

傑低哼幾聲，碧色眼眸鄙夷地掃去一眼，沒有把江侑希自賣自誇的話當作一回事。

「轉過身去，我要換衣服，不准偷看。」江侑希從衣櫃拿出寬鬆的上衣和短褲。

傑張了張口，作勢要吐槽回去時，又聽江侑希說：「我知道你對平胸女沒興趣，反正我在你眼裡就是醜女。」

「知道就好。」雖然嘴巴上這麼說，傑的腦海忽然浮現笑彎的靈動眼神。

「你現在沒偷聽我內心的想法吧？」她用懷疑的眼神盯住傑。

自收驚完後，江侑希決定努力適應背後靈的存在，也和他約法三章，未經同意不可以聆聽心音，因為這是很不禮貌的行為。

「沒有。不過妳有自知之明，這讓我省了不少口水。」

奇妙的是，只要傑願意便能聆聽見江侑希的心音，可是江侑希卻很難聽見傑的心音。這部分傑自然知道原因，大多時候，他不會使用江侑希的身體，都以幽靈的形式跟在旁邊，早已揣摩出如何分享彼此的心音。

「真是抱歉喔，委屈你那尊貴的口水浪費在我身上。」任誰都聽得出來傑暗貶的話語，可是江侑希已經習慣了，現在學會幽默反嗆。

「假日妳要去哪？」雖然現在隨著江侑希去哪就去哪，即便他不想去，也沒有資格管江侑希的去向。

「書店。既然這本《養鬼物語》資料沒用，當然是找更好的資料呀。」江侑希穿上外出拖鞋，把錢包塞入口袋便推門而出。

「不用這麼麻煩，反正我只是一隻暫時附身在妳身上的幽靈，既然是靈體，不需要吃東西。」江侑希愣了下，並沒有轉頭看他，只是說：「那正好，省下我的荷包君。」

書店播放著優雅的鋼琴音樂，悠揚緩慢的曲調似是搖籃曲，帶著溫馨卻有點迷幻的音質，靜靜繚繞在書店的每一位客人身上。

江侑希進入書店後便沒有搭理傑，放任那隻幽靈自己去書店閒晃。找到幾本有關於鬼怪、靈異、死亡的題材書籍，直接坐在地上閱讀。

幽靈分為兩種類型，一、附身；二、跟隨生命體，俗稱的被鬼跟隨，這樣的事件很好解決，但被幽靈附身是難以處理的……

聯繫幽靈活著的能量即是未壞的肉體，一旦肉體死亡，幽靈就會魂飛魄散，連成為鬼的機會都

沒有，然而還有個說法，幽靈能從宿主的身體獲得能量，甚至剝奪身體主人的掌控權，即便肉體死亡，如此一來可以在新的肉體存活下去。

因此，肉體未死的幽靈比死掉的鬼或者孤魂野鬼更為危險，他們隨時有很可能回到原本的身軀，也很有可能回不到原來的身軀，剝奪另一具身體的掌控權。

看見剝奪身體主人的掌控權字句，江侑希有些緊張，可是轉個念想，目前傑都沒有做出傷害自己的事情。

沒錯，傑是好人——她要這麼相信！

江侑希抱起書本，繞過一條又一條的走道，尋找不見蹤影的背後靈。在窗邊的長型座椅看見傑的側影。他慵懶的斜靠身側的柱子，頭稍微垂了幾度。

那裏正好是冷氣的送風口，涼風拂過他的髮絲，搭配照亮那片乾淨窗戶的陽光，窗外高大的樹木染上金色的餘暉，金色葉子如輕盈的蝴蝶緩緩飄落。而他微歛的睫毛也暈上一層薄薄的浮光，唇邊輕淺的笑意竟讓江侑希的心莫名其妙跳了多拍。

他在笑什麼？

江侑希知道傑坐的那個位置的樓下就是公園，假日時間，即使太陽高空曝曬，仍然有很多父母帶著小孩子到公園休閒玩耍。

她抱著書籍準備走過去時，窗外一陣強風掃過樹木的枝葉，光影在葉脈上跳動錯亂。有一瞬間，傑的身影淡化許多，令人產生他是否真實存在的質疑思緒。

她瞪大眼睛，緊張地抱緊懷裡的書本，小跑步的奔向傑。

聽見啪噠啪噠的緊促、凌亂的足音，傑稍微側臉，撞上江侑希滿是焦慮的面容，那副表情像是

失去珍貴的物品。

他怔了怔，注視著咬住唇瓣的江侑希，「怎麼了？」

傑低低的嗓音透露罕見的溫柔，更讓江侑希備感不切實際的幻覺，手裡的書本撲通一聲散落在地，她用力地眨了眨眼，發現並不是幻覺，艱難的發出聲音。

「你、你……」聲音是說出口了，但她登時不知道該說什麼。

傑瞧了瞧四周，幸好角落沒有什麼客人，只有一位坐在對面牆角的孩子。那位孩子抬頭好奇盯著像根木頭佇立的江侑希，慢慢放下書，想爬過來的意思。

傑的目光重新轉向支吾其詞的江侑希，唇邊挑起嘲弄的弧度，「笨蛋小姐，就算我很帥也不用這樣近距離盯著我，超怕哪天晚上妳把我吃了。」

傑起身，銀藍色髮絲隨著他的舉動而輕輕飄揚。他單手壓著桌面，嘴唇湊向江侑希的耳畔，「妳太明顯了，當作沒看到我。在這樣下去，那邊的孩子會跑去大肆聲張哦！」

江侑希回過神，強掩鎮定，看了眼好奇心很重的孩童，彎下腰拾起地上的書籍。

傑笑了笑，能察覺到她的情緒很混亂，於是飄離她附近，打算讓她自己靜一靜。

就在傑飛離，距離江侑希有一段距離時，女孩那句融合幾分放鬆、緊張、慶幸、惆悵、憂心的音量紮實傳進耳內，剎那間，他表情微微一滯。

「我以為你要消失了。」

江侑希用著細如蚊蚋的音量小聲地說著，以為傑並沒有聽見，可是身為共同住在一具身體裡的靈魂，如何拿捏什麼該聽、什麼不該聽，他能靈活使用。

可是他只停了下，沒有轉身，選擇離開江侑希的視線範圍內。

江侑希坐在椅子上不停深呼吸，雙目盯著樓下，思緒千迴百轉，腦海頻頻放送剛才傑靠近的舉止，低沉好聽的嗓音飄進耳內，甚至能感受到一股好聞的草本香味與熱熱的呼吸纏繞一塊。

好像……這是他們第二次這麼近距離，第一次是被鬼壓床，那時候害怕得無法分心注意傑的一舉一動。

兩人離開書店，等待紅綠燈時，江侑希發現傑一直盯著停在不遠處的餐車，流動式餐車外面放置一塊小看板，看板上寫滿各式各樣口味的貝果，明太子雞肉、費城牛肉、黑松露鮭魚、午餐肉炒蛋、竹筴魚山葵美奶滋……等等。

站在陽光下的傑，淺金色的光芒灑落在他的眼底，更添眼底那抹淡淡的惆悵鮮明清晰，與冷峻的神情十分不搭。

說是不需要吃東西，但其實他很想吃吧。幽靈只是一個靈體，觸碰不到世間任何一樣物品，說來挺可惜的，不知道何年何月才有機會回到母星。

江侑希內心十分掙扎，是否該把身體交給傑，讓他能品嚐一下熱騰騰的食物。

號誌燈轉為綠色，傑飛向斑馬線，卻見江侑希仍站在原地，一個勁兒盯著一側餐車。

他飄了回來，出聲提醒，「綠燈了。」看見她不為所動，想事情想得很認真，於是又說：「早餐才剛吃完沒多久，妳又肚子餓了？從睜開眼開始，我先看妳吃掉兩個三明治、一杯豆漿，進書店前吃了三份辣年糕。」傑實在難以置信，這個分量光看都覺得飽足了。

儘管江侑希的肚子挺餓的，但腦袋裡想的不是如何填飽肚子，而是思考是否該借用身體給傑。

「我決定了。」

江侑希突如其來迸出這一句，讓傑摸不著頭緒，還沒反應過來，就看見她一股腦兒衝向餐車，

那兒已經有一些人在排隊。

傑怔愣一會兒，嘴巴喃喃碎念幾字，「受不了，貪吃鬼。」可嘴角浮現連他自己也沒察覺到的笑意。

老闆的製作速度很快，江侑希排了十分鐘就順利拿到熱騰騰的三明治，可是回到宿舍仍然沒有立即食用，而是拿在手上，欲言又止的瞧了瞧傑。

傑坐在床邊，不太理解江侑希莫名其妙的舉動。

「怎麼不吃，是怕變胖嗎？」

整個早上吃掉的食物足足有一千卡路里，再搭配中餐、晚餐，恐怕會超過三千卡路里，但江侑希的身材十分勻稱標準，沒有半點脂肪肚子，實在令人匪夷所思。

「來吧，我想通了。」江侑希爬上床鋪，坐在傑的身側，忽然張開雙手、閉上雙眼，一副視死如歸的模樣，讓傑登時啞口許久。

「現在是大白天，而這裡是床上呢……」傑彎了彎唇，細細打量江侑希，「妳真的很在意李伊婷的話，急著想交男朋友？還是真的想知道公狼的上床方法？不過妳這姿色恐怕……有待商榷。」

江侑希臉脹紅，差點沒被他的話嗆到口水，「齷齪的色狼，你哪隻眼睛看到我有『那個意思』！」她氣惱地拿起枕頭，用力砸向傑。

明知道對方是隻幽靈，不論花費多少力氣是砸不到對方的。可是此時的江侑希，儼然把傑當作真實的人。

「真是個暴力女。要說幾次腦袋才會開化，是雪狼，不是色狼，少給我冠汙名。」忽然間，傑的聲音出現在江侑希身後。他驕傲的揚了揚下巴，以優雅且威風的姿態站在她面前，渾身散發一股

暗月冷酷的美感。

「我是要你上身，不是上床那種上身——」江侑希臉上滾燙還沒熄下，抱著枕頭，用著堅定、緩慢的語調說道：「是用我的身體吃熱食吧。」

傑的身軀微微一顫，完全沒有料到江侑希居然會主動開口要借出身體。起先那麼排斥的女孩，如今主動獻身，究竟是什麼事情讓她甘願改變想法。

垂下了眼簾，他面無表情的拋下簡短的回絕，「改天吧。」便飄向窗外。

※※※

江侑希後來仔細想了想，那天忽然張開雙臂，的確讓人遐想翩翩，可是對自己來說獻出身體是件很嚴肅的事情嘛。

結果為了傑而買的三明治，她自己受不了飢餓吞入腹肚了。

為什麼他不接受呢？為什麼？為什麼？為什麼？為什麼？江侑希左思右想，依然猜不出傑的想法，而且她發現從來不瞭解傑真正的想法，兩人共用一具身體，可是心的距離很遙遠。

他是個嘴巴非常糟糕、冷漠、愛好寧靜、祕密多到數不清，有點臭屁驕傲的雪狼族長。

「小希，上游泳課囉，快去游泳池集合吧。」李伊婷提著袋子，裡面放著泳衣。她在教室門口喊了喊，卻見江侑希遲遲沒有回應，而是一個勁兒望著窗戶出神。

傑慢悠悠飄到江侑希面前，手支著下顎，臉逼近出神很嚴重的江侑希，綠色眼眸掠過一抹淡淡的笑意。

「在床上勾引不成我？現在打算用眼神勾引我？」

「我哪有！不要胡說八道，你算……」哪根蔥啊！話還未完全說出口，江侑希驚覺自己又犯錯了。她摀著嘴巴，很想乾脆把舌頭剪掉。

「小、小希……」撲通一聲，李伊婷手上的袋子掉落在地，顯然嚇得不輕。

江侑希手忙腳亂的解釋，「我沒事的、真的沒事！只是稍早遇到一個很混帳的男生，自以為自己很帥，說我勾引他！」幸虧腦筋動得快，把髒水往杜撰的「別人」身上潑。

「混帳……？」傑面頰抽搐，眼底慍色濃了幾分，「江侑希，我很樂意拖妳去撞牆。」

暈暈暈暈，快要暈死了！來人啊，誰都好，快把我拖去撞牆算了！

「那真的很可惡呢！不要理那種臭男生！」不知道是江侑希說謊功夫很強，還是李伊婷太笨了，竟然相信這個理由。

成功唬弄李伊婷，江侑希覺得好像打了一場艱難的戰役，她身心疲憊的和李伊婷前往游泳池，等他們抵達時，游泳老師已經到了。

江侑希趕緊衝到更衣室換上泳衣，拉上簾子，拚命的對飄在上空的傑使眼色，幸好學生們都出去，否則會以為她眼睛抽筋。

李伊婷換完泳衣就先出去，偌大的更衣室只剩下江侑希一人，和一隻帥氣的背後靈。

「傑，有沒有方法可以我不用講話，我們就可以直接溝通？」

現在兩人的溝通方式很微妙，傑的聲音確實從他嘴巴道出，外人聽不見，可是她可以很明顯感覺到傑的聲音貫穿大腦。為什麼她的聲音無法直接透過大腦傳達給傑？

他沉默幾秒，才說：「……沒有。」

「少騙人了，你一定知道。」江侑希翻了翻白眼，當她是白癡嗎？若真的沒有，就會立即說沒有，才不會遲疑幾秒！

「我有點高興。」傑感嘆似的挑起唇角，惹得江侑希火氣上身。

「你在胡說八道什麼啦？雞同鴨講！」

「不是，我高興的是，只有在這個時候，妳的大腦才會發達，想到要問我偷懶的方法。」

這隻死幽靈！！！連損人也要這般拐彎抹角。江侑希把所有的氣都出在游泳池上，拚命的用自由式來回游多圈，超越同班同學的圈數。

坐在屋簷一側的傑摸著下巴若有所思，其實不是沒有方法，而是他捨不得……雖然現在是靈體的狀況，可內心仍祈求總有一天能回到身軀裡。

他想和人有實際的溝通，而不是心靈的溝通，若是心靈溝通，失去與人之間的相處，意志力怕會越來越弱，最後沒有信心等到回歸身軀的那天。

「不是沒有方法，只是我不想放棄能支撐我心中那塊木筏。」

他低頭凝視在水中自由自在玩耍的江侑希，女孩優美的泳姿似是一隻生活大海的美人魚，活靈活現的眼眸牽動內心深處的一根弦。

一枚黑紅色的詭異色澤掠過眼角，在清澈的池水中載浮載沉。由於天氣涼爽、太陽高照，游泳池的伸縮天花板是敞開的，金色光輝折射出罕見的光澤，閃閃爍爍，干擾傑的眼力。

他蹙起眉頭，乾脆跳下屋簷，漂浮在游泳池的半空中，睜大眼睛巡視，掃過每一位男生的肩膀，隨著自由式換氣必須浮出水面，終於被他找著了。

男孩游到終點，帥氣的拔下泳鏡，周邊的女孩子一頭熱的湊上去，紛紛誇讚速度如此之快，可以代表班上參加校慶比賽。

傑面色僵硬，飄到男孩的背部，赫然見那黑紅色的蝶形圖紋，雄姿綻放在結實的左肩膀。

而那人居然是——夏文拓！

第四章　潛藏圖書館的鬼魅

「什麼？文拓是蟲王，不可能！」聽見傑的說詞，江侑希立刻替夏文拓說話，「我認識他兩年了，這兩年間沒有看見文拓有不恰當的行為舉止。而且你說有蝶形圖紋，會不會是湊巧？」

傑信誓旦旦地說：「不可能，蝶形圖紋就是蟲王的標記，我追殺的那隻蟲王，就是蝶蟲。而且那天妳拿薄荷出來，他很激動說拿走。」自從那天後，他有在觀察夏文拓這個人，可是沒有查出些端倪。

「關於這點，我澄清一下。其實文拓之前就不喜歡吃薄荷，不過是沒有像那天那麼誇張啦。」江侑希還是認為傑想太多了。

「我猜測蟲王現在使用夏文拓的身體，操控他的腦袋任何一個思維，而蟲王的身軀可能就藏匿在某處。」

「怎麼操控？」江侑希覺得傑越說越誇張，一隻蟲子操控人類的心智，說出去會不會被科學家當白痴？

傑指了指腦袋，語氣鏗鏘有力，「精神力。蟲族的大腦很發達的，曾經我們有族人被操控大腦，陸陸續續殺害我族人。」

江侑希默默瞧了瞧面色凝肅的傑，然後緩下腳步，「那你們如何發現？」

「蟲族的印記，人類的身體如果被種下蝕，通常只有被高階蟲族種下的蝕才有機會被取代，若被一般低階的蟲子種下蝕，就是體內血肉被當作糧食啃食乾淨。」

江侑希不禁擔心傑的狀況，「那你的身體……」

「我現在還能感應到身軀未死。我是雪狼族長，意志力沒有那麼薄弱，若是人類另當別論了。」傑的眼裡有著深深的怒火。

「如果你說的是真的，有什麼方法能讓蟲王自動現身？我沒有方法像拿個照妖鏡就逼蟲王變回原形喔，而且我也不是孫悟空，拿棒子就能打回原形，逼牠親口說出來我的身體在某某地方喔！不要跟我說，你打算用我身體，把蟲王打離夏文拓。」

傑聽得滿頭霧水，誰是孫悟空、什麼是照妖鏡？他揉了揉額角，不得不說，確實有念頭打算用武力逼蟲王現身。

「如果我用我的身體，的確可以和蟲王拚高下。但是妳——」嫌棄的目光由上而下、從頭到腳品頭論足一番。他嘆氣地搖了搖頭，「弱雞身體實在讓人難為。」

是誰難為啊！江侑希氣呼呼的甩頭朝圖書館位置走去，「我不想跟蹤了，下周要期中考，我還沒看書呢！」

「哼，之前有那麼多時間，也不見妳看書，臨時抱佛腳會考好嗎？」傑並沒有追上去，而是站在原地，碧綠色眸子裡流轉一絲銳芒。「我要觀察夏文拓要去哪，給我站住！」

當他話音落下，遠遠拋下傑的江侑希倏地動彈不得，雙腿緊緊黏著地面，只剩下上半身能移動。

「咦?!我的身體為什麼不能動了？」聽見身後傳來低低的笑聲，江侑希吃驚地回頭，「你做了什麼好事?!」

「好歹我也有這具身體的使用權利。」在江侑希想開口反駁時，傑又說：「這是妳自己答應我的哦，那天居然還願意把身體讓給我，讓我吃東西。」

江侑希乾巴巴的吞了口口水，氣勢轉弱，「可惡，竟然堵我話。好啦，快放開我，要跟就跟。」

她說完後，明顯感覺到雙腳輕鬆了。江侑希揚起下顎，朝夏文拓離開的方向邁步走去。

「剛剛那是言靈？哇塞，沒想到一隻色狼居然會言靈！」

「江侑希，妳是想被我上身嗎？」傑挑了挑眉，飄在江侑希的前面，為了避免她跟太緊被夏文拓發現，於是打頭陣。

「我說過了，我有使用妳身體的權利和能力。」言下之意根本不是言靈的能力。

夏文拓來到學校安靜的花園，靜靜的坐在石凳上，過不到幾分鐘，一名氣質亮麗的女同學也坐在他身邊。

哦！！！！夏文拓交女朋友嗎？江侑希眼睛一亮，雙手攀著牆壁，考慮到太過靠近會被發現，於是和傑躲在大理石像的天使後面。

一男一女坐在一棵松樹下。溫文爾雅的夏文拓面帶微笑與身邊的女同學說話。陽光鋪灑而下的光輝，微微搖曳在他那張斯文的面孔，黑色瞳孔裡浮動溫暖的水光，這樣的場景那麼和煦、寧靜。

觀察一會兒，江侑希腿痠了，而且也沒有發現可疑之處，「看吧，又沒怎樣。我要回圖書館看書了，被你這樣一鬧，今天我要留晚啦！」

傑皺著眉頭，瞧了夏文拓一眼，便隨江侑希離開。

多數時間，她和傑都窩在圖書館偏僻的角落位置，她拚她的期中考，而他四處飄蕩，反正沒有人看得到傑，不怕嚇到別人。

可是待在靜謐的圖書館已久，瞌睡蟲一天比一天還多，看書時間有三小時，幾乎有一半的時間她拿來夢周公。

「……妳是來看書還是來睡覺？」終於，傑忍不住動用意念逼她睜開眼。

江侑希沒氣質的打個大哈欠，眼角泛著水光，「我真的看不懂啊。」

「我說過了，妳可以提出要求，我可以幫妳實現，畢竟這段時間我借用妳的身體，我自然要回禮。」

傑斜坐在一側，單手壓在桌上，定定注視著江侑希，充分表現出這句話的可行性很高。

江侑希想起昨天傑在數學課小考結束時，飄到她身邊，悄悄地說：「根據你們班第一名的答案，第一題至第四題是ＡＣＤＥ。」

這可嚇了她一跳，她從沒有要求過傑要利用這種方法幫她作弊，那日只是開玩笑地說，反正你是幽靈，同學看不到你、老師不知道你的存在，不如你去偷看答案。

結果隔天的小考傑居然應聲做了……索性當下她並沒有抄上答案。

江侑希摀住耳朵，一副抵死不從，「不要對我洗腦，我要靠我自己，才不要作弊！作弊算什麼好漢子！」

傑微微挽起嘴角，指尖敲了敲教科書上的某題數學題目，「那好吧，現在馬上做這題，不准睡覺。」

已知a，b**為實數，且**$a+b=5$，$a3+b3=185$，**則**$a^2+b^2=$**？**

認真且專注的江侑希在白紙上寫了一大堆計算式子，可是都沒有算出真正答案，時間滴滴答答流逝，過了三十分鐘仍舊解不出真正答案。

耳邊響起傑淡淡的嗓音，「答案是33。」

江侑希半信半疑，翻到課本後面的附錄答案卷一看，居然是33！頓時間，看著傑的眼神變得充滿欽慕，「你怎麼解的？你不是只是隻狼嗎？難道還會我們人類的算數?!拜託教教我。」

也許是被期中考逼得狗急跳牆，江侑希哪管得著嘴巴很壞的傑究竟會不會答應。

傑受不了江侑希拍馬屁的眼神。他嫌棄地瞪了一眼，「我是透過妳腦子裡的知識進行計算。」指了指腦袋瓜，「課本妳有讀進去，但是不懂得運用。」

「哦～教我！用我的身體，教我。」江侑希微張嘴唇，儼然把傑當作救命之星。

傑扯了扯唇角，無可奈何。他嘴巴上解釋著，若遇到江侑希聽不懂時，便操控她拿筆的手，寫出正確的計算公式。

幾分鐘過去，傑讓她往下寫別的題目，很多題目雖然長得不同，但其實都出自於相同的理論，舉一要會反三。

「妳腦袋有沒有帶來？再寫錯，我就上妳身體！」

「真的很想把妳的腦袋瓜踢一踢，看是否有哪根筋接錯了線。」

然而，他花費那麼多口水指導，江侑希仍然學不會。「妳為什麼還是學不會？」傑挑了挑眉，無奈地看著江侑希，「腦子果然不好使。」

江侑希賭氣地說：「閉嘴，我會解出這一題的。」內心有點受創，真的聽得懂傑的解說，可是不熟如何應用。她相信多練習幾次就會了。

看見江侑希又錯了，傑的手比大腦先一步行動，彷若現在是個具有實體的人，伸手握住她的手，「不對不對。跟妳說過幾次了，這裡要這樣寫——直接代入就好。」

那一瞬間，傑感覺到一股暖暖的觸感湧上手心，柔軟粉嫩的肌膚觸感真實到內心翻滾海浪。

他低頭看著身前的少女，對上她同時仰起的目光，視線相交的那一刻，眼底千百種情緒湧動，無法言說的激動的情緒，如潮水般淹沒周邊的任何事物，只剩下彼此對視的目光。

而如夢似幻的觸感，彷彿是沙漠中海市蜃樓的奇景，夢醒就碎了一地。

傑斂下眼簾，緩緩退了開來，靜靜佇立在江侑希身後。

江侑希愣愣看著被觸碰的右手背，他的手指清晰的穿插在五指縫間，悸動的心跳猶如誘惑的漩渦把所有思緒捲入其中。

她感覺四周的空氣有些悶熱、呼吸困難，莫名的生理反應令人不知所措。腦袋必須冷靜一下，仔細想想剛才的景象，不是夢吧？

「我去洗手間一下。」江侑希推開椅子，步履輕浮地走向廁所。

上完廁所，她仍若有所思盯著自己的手背，專注到都忘記要馬上洗手。

對對對對，這不是錯覺！帶著些微手繭的觸感絕對是傑的手掌。原來這就是他手心的溫度嗎？很熱很滾燙，是不是發燒了？還是狼的體溫原本就這麼高？

揣著滿腹疑惑離開廁所，經過門口與一名女學生擦肩而過。

剛走到廁所附近的飲水機時，就聽見裡面傳來女孩子淒厲的尖叫聲，聲音大到讓這層樓的所有學生紛紛起身，就連戴著耳機聽音樂邊看書的學生也聽得一清二楚。

江侑希當機立斷拔腿朝廁所衝去，正巧與迎面而來的女學生撞在一起。江侑希向後跌倒在地，雙手緊緊抱著女學生，也是在同一時間，傑的身影出現在廁所門口。

事情發生突然，傑低頭看了江侑希一眼，一眨眼間便飄進女廁，不顧男女之間的禮儀，反正所有人皆看不見他。

手下的女學生渾身顫抖，面色慘白，雙脣不停的打哆嗦。江侑希握緊女孩的手心，兩手包覆之中，溫柔細語的安撫道：「沒事了、沒事了哦。妳還好嗎？」

「嗚嗚……我、我我我……看到奇怪的蛹了，蛹上面還有一雙紅色眼睛，好可怕！」女學生歇斯底里地埋首於江侑希的胸前，一股淡淡的稻草香味撲鼻而來。

她本能的雙手環住女孩，手心輕柔的拍撫背部。

紅色眼睛？江侑希皺起眉頭，想起這幾天的確聽見有幾位常在自習室讀書的學生謠傳的謠言，向來不信這些靈異現象的她，只是把謠言當作光影的反射所產生的現象。

「天哪，不只一次了。」

「前幾天也有人說看到蛹，蛹的周圍有很多蜘蛛網，可是隔天通報圖書館，蛹就不見了，只剩下殼。」

「會不會是比較大一點的昆蟲闖進圖書館裡啊？」

「不知道。」

江侑希朝身後一看，一群晚自習的同學七嘴八舌地討論著，其中有名穿著圖書館工讀生黃色制服的學生傻愣在原地。

晚上的圖書館只開放自習樓層，僅留下一名圖書館工讀生，所有正職人員已經下班離開了。這名工讀生顯然很害怕，是第一次遇到這種事情。

「哈囉，快扶她去休息，驚嚇很嚴重。」

工讀生反應過來，上前攙起女學生。

江侑希將女學生推開來，手心滑過她的肩膀時，指腹忽然一陣刺痛，一股濃烈的九層塔和鹹酥雞的味道蔓延開來。

工讀生扶著受驚的女學生離開，離開前不忘告訴圍觀的學生們不要破壞現場。

江侑希揉揉鼻子，掃過圍觀的學生群，哪個討人厭的晚上吃鹹酥雞啊！吼，香死了！

此時傑從女廁飄出來，凝重的表情昭告有話想說。於是江侑希從地上爬起來，鑽出人群，回到角落的位置。

沒等江侑希開口詢問，傑先說了，「是蟲卵，據我所知，蟲王的卵到孵化的時間需要一周，孵化後到成蛹需要時間不一定。」

他頓了頓，瞇起的眼眸掠過一抹冰川下的寒霜，「不過，我觀察過蛹的局部外殼，已成蛹有一個月的時間。」

「蟲王不是男的嗎？男的也能產卵？」江侑希以為只要找到蟲王就好，沒料到還有蟲王的孩子。

「一般來說，昆蟲的繁殖方式多是雄雌交配，但也有少部分是例外，像竹節蟲那類的生物是孤雌生殖或胎生的蚜蟲，而那隻蟲王剛好是孤雄生殖。」

傑看向江侑希若有所思的表情，「從那位同學尖叫後奔跑出來，時間不過幾秒鐘。那個蛹居然有辦法在短時間內破繭而出，消失無影無蹤。看來是蟲王底下的大將。妳是第一個跑進去的，有看到什麼嗎？」

江侑希手指抵住太陽穴，細細回想事發經過。忽然靈光一閃，她打個響指，豎起右手食指，臉

上露出滿意的笑容。「我知道了，我聞到女學生身上有稻香味道。」

「稻香？」傑皺了皺眉，否決江侑希的判斷，「搞不好是女學生本身就有那股味道。」他無奈地嘆口氣，正想開口說算了，妳先看書，我再去晃晃有沒有線索。只見那隻柔美的指腹有一點鮮紅色的血跡，與白皙潔白映襯下格外鮮明刺眼。

傑下意識的想握住江侑希的手，卻馬上意識到根本碰不到對方，於是語調沉沉低喊：「別動！」

江侑希不明所以，全身如根木頭一動也不動，舉起的手指頭就這樣筆直在他眼前，儘管看似滑稽，可是兩人笑不出來。

「怎麼了，你幹嘛這樣看我？」覷見他陰沉沉的表情，她不由緊張起來。

「妳被蟲王的大將咬了一口，妳自己睜大眼睛看好。妳有聞到一股很香的味道對吧，不是稻香。」

江侑希聞言趕忙觀察自己的指腹，突然想起剛才扶起女學生時，指腹一陣刺痛。她趕緊把剛才的事情向傑說。

傑聽完後卻說：「那女生的事情，我等等會去看。現在妳的事情要緊，仔細聽我說的話，把指腹含在嘴裡，用力把毒液吸出來，然後吐掉。」

江侑希點頭如搗蒜，立即含住指腹，使出吃奶的力氣把毒液吸出來，可是吸出來的都是鮮紅色的血液，還有一股很香、香到肚子都飢腸轆轆的味道。

「有九層塔和鹹酥雞的味道。」她停下來，抬頭看著傑，「好餓喔，等等能不能去買個鹹酥雞來吃，再繼續看書？」晚上吃了兩碗燴飯、一碗蛋花湯與一盤燙青菜。

聽見她這麼說道，傑的額頭青筋猛跳，氣急敗壞的吼道：「妳這個大笨蛋，都什麼時候了，腦子裡還在想油炸食物！沒有我的命令，不准停，繼續吸！」

江侑希自然知道事情危急程度，只不過不想讓氣氛那麼沉重。「可是我真的從血液裡面聞到九層塔和鹹酥雞的味道啊！」

在母星，傑根本不知道什麼叫鹹酥雞和九層塔，直到附身在江侑希身上，在這異世界認識地球的油炸食物。

原來蟲王毒液的味道像鹹酥雞和九層塔……不知怎的，傑有些想笑。

過了幾分鐘，江侑希吸到嘴巴很痠，整個人虛弱的靠在椅背。「好累，還要吸多久啊？突然覺得我是吸血鬼就好了，吸血吸到爽歪歪。」

傑哪懂什麼是吸血鬼，他能察覺到依然有鹹酥雞和九層塔的味道，於是擰眉瞪眼地催促道：「繼續，不准停。」

江侑希扶著痠痛的下顎，有些受不了的說：「不然你來嘛！」

一絲無奈的莫名情緒在碧綠色眸子一閃而逝，他語調平緩地說：「如果妳不介意，我要妳的身體。」

江侑希怔愣幾秒，諾諾的點頭，又似乎不敢相信，「你真的要幫我？」話聲剛落，便接到傑的冷眼。

江侑希緊張地閉上眼，這是第二次獻出身體的使用權。下一秒，她感覺到靈魂受到擠壓，猶如湖中的泡泡咕嚕竄出水面，然後凌空飄浮。

她靜靜在站一旁，望著使用自己身軀的傑。以旁觀者的角度看著自己的身體是種很奇妙的心情，且這具身體正在執行吸血吐血的動作，不知怎的，江侑希感覺到身體發熱，撲通撲通……急促的心跳鼓譟著耳膜。

從他開始吸出毒液時，她便沒有再挪開半點視線。

恍惚間，只能出現在自己眼裡的俊挺身影就真實的坐在那裡，垂落在額前的銀藍色碎髮為那張英氣專注的臉孔勾繪出一絲媚態，他的嘴唇彷彿親吻她的手指，帶著一些急促卻又小心翼翼呵護的態度。

這時，那雙美麗的碧綠色眼眸朝自己的方向望去。被那澄澈溫和的眼睛注視著，從內心深處湧出陽光般的暖意，包圍住身體的每一處。

忽然間，一股強大的引力將她往前吸去，直到撞上自己的身軀，緊緊契合一塊。她倏地睜開眼，發現自己回歸到身軀裡面，而傑就坐在桌上，靜靜看著自己。

美麗的幻境好似從沒出現過，泡沫般的消失殆盡了，他還是幽靈的形式，飄渺又迷離。

「不會再有鹹酥雞和九層塔的味道了。」他罕見地開起玩笑，「不過等一會兒會聞到吧。」

江侑希低頭一看，沒想到傑已經替自己包紮好了。「你的意思是，我可以去買鹹酥雞囉！」

她彎起眼睛，眸子流轉點點碎光，微妙絢麗的笑容像是春天長出的新芽漾在他心臟，似乎有種微妙的悸動無聲無息滋長，令人挫手不及。

傑偏過臉，遮掩住眼底閃爍的微光，抬頭挺胸揚長而去，「果然是大胃王。先去找那個女生，再去買。」

※※※

據說那位女同學驚嚇過度，之後再也沒有去圖書館。那天江侑希去關心女同學時，傑趁機觀察女同學的後背，並讓江侑希問一些問題。

那位女同學並沒有感到不適，只是結結巴巴、哽咽的描述在女廁看到紅色眼睛，蟲蛹不大，剛好就在垃圾桶的後面，而且那間廁所還是走道盡頭。一般人上廁所習慣前面一至兩間，由於前面兩間太多人使用過，地上積水髒黑，對稍微有潔癖的女同學來說，一定是使用最後一間。

因此傑馬上就推論出來，剛成蝶的蟲子所寄宿的身體，並不會造成任何影響，而是被咬的人會受到毒液的影響，這些毒液進入人體，蟲子龐大的精神力便可以操控人體，他們的精神空間十分的大、腦容量是人類的好幾倍，普通人根本無法負荷強大的精神力，過不到幾天就會腦死。

得知中毒會腦死的後果，江侑希很慶幸那天傑幫忙把毒液吸出來。

直到期中考的前一天，江侑希再沒聽別人提到圖書館有紅色眼睛的事情，許多人因為忙著準備期中考，逐漸把這件事情淡忘了。

她闔上書籍，打算拚到這裡為止，晚上早點回宿舍睡覺，至於不會的試題，就使用橡皮擦和鉛筆決定吧！

然而傑要她晚上留下來，再調查一次圖書館內是否還有幼蟲與蟲蛹。

「可是……」她臉上有些為難。「晚自習的時間到十點，我們不能留下來。」

「沒有可是。該不會妳是怕了？」

「我哪有怕，拜託，我膽子這麼大的人都遇到你這隻色狼了，哪會害怕！」江侑希還有一個弱點，是連她自己也不知道的，最討厭有人刺激她。

傑略略瞇起雙眼，綠色眸子透出要脅因子。「是嘛，那就不要怪我奪走妳的身體，不要忘了，妳有答應過我，會協助我解決蟲王。」

「好、好好……」江侑希點了點頭，雙手放在胸前，警惕地看著他。

夜晚的圖書館安靜到窗外沙沙樹聲聽得一清二楚，趁時間還沒到十點，江侑希藉口想去上廁所，再次溜到案發地點。

推開走道盡頭的最後一間女廁，裡面已經打掃乾淨，沒有看到蜘蛛網、蟲蛹的東西。傑每間女廁檢查過後，便要江侑希去男廁。

起先江侑希不太樂意，今天傑是以幽靈形態進入女廁，但她自己是用真實的身體進入男廁啊，萬一被人看到，跳到河裡都洗不清了！後來聽見傑威脅要搶奪身體時，她很沒志氣的悄悄溜進男廁。

即便知道傑並不會真正搶奪身體而不還，可是一具身體裡面有兩個靈魂，真的很奧秘。再者，或許一直被要脅，江侑希開始擔心會不會有哪一天，再也回不了身體。

「傑，我們這樣互相換來換去，會不會對我身體造成不好的影響？會不會哪天我突然回不去了？」

傑的臉上露出捉摸不定的表情，然後語意模糊地說：「這個我不太清楚。」他話鋒一轉，聲線堅定而令人動容，「不過我不會讓妳回不去的，這是妳的身體，若要消失，絕對是我。」

最後那句「絕對是我」，聲線鏗鏘有力，帶著磅礴氣勢敲打在她的心頭，那一刻起伏不定的不安終於平息了。

搜索完二樓自習室那層樓的廁所，江侑希和傑往圖書館樓上走去。三樓主要放置自然科學讀物的教科書籍，現在是晚上，只有二樓自習室開放中。

「為什麼不白天來搜索？白天我們才能進入這裡。」而且白天也不用鬼鬼祟祟，傑倒好，反正不會有人看到他。可是她若被保全人員抓到，百口莫辯啊。

「我覺得沒必要。這段期間學生們看到蟲蛹的地點都在廁所。廁所潮濕，而且也比較少人來打擾，只要把蛹放在很少人造訪的地方便能成事。」

「蟲蛹孵化時間大約有一個半月，往前推算，差不多是從蟲王逃到這世界開始。」

江侑希靜靜聽著傑的推測，認為很有道理。晚上除了自習室有學生外，三樓是不會有人的，或許是要夜探圖書館，安靜到讓她覺得有些不安。

當她雙腳剛踏在三樓的走廊時，走廊盡頭深處響起未知的砯噹聲，打破和諧的寧靜。

江侑希愣了愣。身邊的傑扭頭瞪向聲音的源頭，那裡正好是男女廁的出入口，昏暗的白色日光燈略略把走廊的景象照出半個輪廓，隱隱可見一抹黑色影子快速移動。

傑那平靜的綠色眼睛透出一抹凌厲的殺機。

「你是誰？」

若是一般學生，絕對不會聽到江侑希的話便逃跑，會有逃跑的行為定是心虛！

她的思緒快速轉著，操起一旁的掃把，往那抹黑影投擲而去。砰的一聲，掃把砸重那人的背部，接著響起砯噹的聲音，黑影向前跌倒，連帶放置在走廊旁邊的水桶跟著亂七八糟的在地上滾動。

「站住，你是誰?!」看見對方狠狠摔了個大跤，江侑希見機不可失，立即拔腿往前衝。

「笨蛋快回來，別亂衝！」傑目前摸不清楚對方的底細，再加上現在自己是個靈體，即便真的遇到蟲王或蟲王的大將，也要藉由江侑希的身體處理。

黑影從地上爬了起來，牠扭頭看著疾步奔馳而來的女孩，嘴巴呼出沉沉的邪氣，彷彿是萬惡之源的魔鬼化身。

匍匐在地上的手臂如同發芽的藤蔓，越變越長，像是在黑暗中移動的毒蛇緊緊圈住了女孩兩腳的腳踝。

「呀啊！」江侑希整個人被吊掛半空中，慌亂之中，她看見敵人那雙鮮紅色眸子透出乎閃乎亮的暗芒，似是破碎的晶體，折射出多個瞳孔。

那雙充滿魔魅的眼睛讓江侑希心臟緊縮，腦袋像是被塞入一團麻亂，渾身不由自主打顫起來，可以感覺到一股攝人心魄的寒氣湧上背脊，深入骨髓的恐懼。

與此同時，她感覺到自己的靈魂受到熟悉的擠壓，離開了身軀，漂浮在半空中，然後看著自己的身體在半空中翻轉一圈，右手優美地從高空劃下，斬斷了藤蔓化的觸手，接著不肯放過似的，在黑影的背部劃下一筆。

紅黑色的蝶形圖紋如展翅的明豔蝴蝶，在淨白的肌膚上襯出兩種截然不同的危險。

黑影並不戀戰，看見女孩完全變了個模樣，無形中散發冷冽的氣息，牠趁著女孩掙脫纏繞在腳踝的藤蔓，鑽入黑暗，從走廊盡頭的窗戶逃走。

女孩雙腳穩穩落地，右手手指呈現攻擊的狀態，指甲變得有些細長，指尖隱約染上些許的液體。

被斬斷的藤蔓觸手化作塵埃消失殆盡，而樓梯間響起多個急促的足音，江侑希心頭一緊，扭頭在看向自己的身體時，相似的引力吸住靈體，回到身軀裡。

「裝的嚴重一點。」耳邊傳來傑催促的聲音，江侑希二話不說躺在地上哀號。

眾人嘰嘰喳喳的詢問她是否哪裡不舒服、還好嗎、到底發生什麼事情。她被工讀生和幾名學生

扛回二樓，確定她沒有事情後就各自回到原來的座位。

江侑希兩腳伸直，平放在兩張並排的椅子上，仍舊心有餘悸。腳踝除了被藤蔓緊緊纏住有些瘀青外，倒是沒有太大的傷口。

剛才的經歷實在令人心驚動魄，她搗住胸口，如釋重負地深呼吸，望著傑凝重的臉龐，波動的語調與紊亂的心跳是相同的頻率。

「我看到了、我看到了……」她抱住肩膀，聲音變了調：「一雙如鮮血的紅色眼睛。」

鮮紅如血，猶如一顆上等的紅寶石華美精緻，可是暗藏在美麗下的真面目，卻是殺機重重，就像是盛開在陰暗地獄的紅色曼陀羅花。

第五章　乞求觸碰到的溫暖

期中考當天早上，江侑希慢吞吞地從床鋪爬下來。昨夜在圖書館的探險幸好沒有引起動亂，樓下的學生及工讀生聽見三樓的尖叫就跑上來，等到上來時，神祕的敵人已經逃跑，江侑希抱著腳踝躺在地上哀號，給所有人的理由是：二樓廁所有臭味，所以才上三樓上廁所，但不小心跌倒，又撞到水桶。

雖然沒有人受傷，可是她被紅色眼睛嚇到整個人像失了魂的模樣，終於明白那位女學生看到紅色眼睛是多麼驚恐，那種恐怖是看鬼片不曾有過的，只要閉上眼睛，彷彿那雙惡意的眼睛在角落偷窺自己。

室友李伊婷早已換好制服，見江侑希出神般的坐在書桌前，她想起半夜的事情。「小希，妳昨天那麼晚睡好嗎？」

「啊？」

「我昨天半夜有稍微醒來，發現書桌的燈是亮的，妳居然還在挑夜燈讀書。怎麼，有做什麼重點筆記嗎？可以借給我看看嗎？」

江侑希聽不懂李伊婷到底在說什麼，直勾勾盯著李伊婷，發現對方並沒有說謊的跡象，「哪有什麼筆記，期中考就是今天，一個晚上哪有時間做筆記。」

「好吧，我先去學校了，會幫妳買早餐喔，妳快點來！」說完，李伊婷拎起書包，揮揮手離開。

江侑希時常睡得很晚，多數時間皆由李伊婷幫忙買早餐，久而久之，兩人之間的互動就是這樣。昨天晚上她睡著了啊！哪有像李伊婷所說，大半夜K書作筆記。難道是傑操控她的身體看書？就算傑大半夜用她的身體看書，讀書的人不是自己，對期中考一點幫助都沒有。

江侑希瞧了瞧乾淨的桌面，在書架外側發現一張A4的紙張。指尖夾住紙張抽了出來，困惑的目光緩緩掃過每一字每一句，瞳仁略略縮緊。

沒想到、萬萬沒想到……他竟然會替她寫下期中考試的重點，這些重點只需要花幾分鐘的時間便能順利記在腦海裡。

他的字跡不會顯得凌亂，工整字跡又帶點外剛內柔，每個重點後面上揚的筆跡透出與生俱來的貴氣，除此之外，紙張最底端的落尾處還有一句簡單又不失威嚇的鼓勵話語——

給我全部背起來，否則就上了妳的身體！

「呵呵。」

唇邊挽起一抹若隱若現的酒窩，為那張秀氣的臉龐增添可愛動人的朝氣。

江侑希拿起鉛筆，快速在那句話旁邊畫上可愛的Q圖，畫中，一隻狼耳青年拿著鞭子，怒目而視的鞭策正懶散趴在桌上的少女，少女露出哀怨的表情。

一大清早，江侑希沒有看到傑的人影，於是拿著這張重點筆記邊走邊背，不想浪費傑的一番苦心。

上午的期中考試順利結束，江侑希覺得自己的記憶力很驚人，短短十五分鐘就把上午要考的科目重點吸收到腦袋裡。傑親自寫的筆記比某部卡通的記憶吐司好用太多了。

「我突然覺得自己一點也不衰，沾上一隻失憶的背後靈～人生真的太美好了！」江侑希懶洋洋趴在桌上，嘴裡小聲的喃著，傑的靈體出現在旁邊。

「我說笨蛋小姐，衰的是我，附身在一個笨蛋身上。」他雙手環胸，高居臨下地看著她。

「我哪是笨蛋啊，至少我可以把你寫的重點一字不漏記在腦袋裡，嘿嘿！」江侑希揚起小臉，眼中閃過一抹孩子氣的得意，好似在說：如果沒有我，你的重點筆記哪能派上用場呢！

傑懶得繼續跟她辯，看她驕矜自喜的模樣，恐怕再辯下去，她會更得意了。他速速轉移話題，「對了，我一直想找時間跟妳說，我的記憶回來了，可能是被星玄的雷光打到，暫時性的失憶而已。」

「真的嗎?!那你的母星來自哪裡？身體呢？這樣是否要離開了？」江侑希感到欣喜，同時內心升起一股淡淡的哀傷，被她刻意忽視不見。

「克坦尼亞星球，我不知道離這裡多遠。身體可能沒有隨著星玄來到這裡。」他幽幽嘆口氣，窗外陽光從他背後勾勒出金色的光芒，襯得臉孔籠罩在背光之下。若不是他的聲音太過悵然，江侑希仍是後知後覺。

這一瞬，她竟感到鬆了口氣，同時也厭惡自己居然有一絲竊喜。該要替他無法回到母星而難過的，為什麼內心深處有個聲音徘徊耳邊，她不想要他離開！

「……哦，那真的是很可惜。」江侑希勉強地笑了笑，明眼人都看得出來，她有心事！

傑正想開口，教室門口傳來李伊婷叫喚的聲音：「小希，我們去吃中餐吧！」

「來了！」江侑希從書包裡面拿出錢包便追了上去。

傑垂目凝視被鉛筆盒壓著的紙張，落尾處還有一個生動的插畫。指尖不由自主細細摩挲，如朝

陽般炫目的笑容浮現臉龐，彷彿是溫度適中的冷茶，溫熱適中，回味無窮。

江侑希扭頭一看，耳邊再次響起躁動的心跳聲，撲通、撲通，心底深處像是發芽一株名為戀愛的幼苗。

除了李伊婷，同行的還有夏文拓。江侑希覺得很意外，夏文拓很少和他們一起行動，以往中午時間，他都會獨自一人不見，跟蹤夏文拓的那次，江侑希有看見他和一位很漂亮的女生在花園。

她悄悄的拉過李伊婷，小聲詢問：「夏文拓今天怎和我們一起吃飯了？」雖然很想直接問為什麼沒和那位女生一起用餐，但這樣問，等同於有暗地跟蹤。因為花園在校園的角落，沒事是不會去那邊的。

「我看文拓這幾天都自己吃飯，於是就邀請他了。」李伊婷十分高興，偶爾瞥向夏文拓的眼神充滿愛慕。

似乎一點都不意外，夏文拓的那群死黨嗓門有夠大，每到下課都是那群人嘰嘰喳喳的聲音，夏文拓向來喜愛安靜的空間，自然不會和死黨鬧哄哄的。

聽見兩位少女的討論，夏文拓扭頭，露出悵然的微笑。「我失戀了。」

江侑希驚愕地喊道：「啊?!」

「妳啊的太誇張，就只是失戀。」傑的反應倒是很淡定。

「可是郎才女貌呀，而且之前他們不是還好好的。」江侑希觀察走在前面的夏文拓和李伊婷，兩人有說有笑，和樂融融。她壓低聲音，「我們跟蹤那天不是也看到了。」

「感情這種事情很難說，不愛就是不愛了，任何委屈求全都是多此一舉。」

他平淡低沉的嗓音聽起來令人難過，溫柔的聲線在凝滯的空氣中擴散開來，彷彿曾經把愛全心全意付出給另一半，然而結果是心碎。

江侑希低聲喚了聲，「傑，你被母狼拋棄過嗎？」

「……江侑希，我看妳是皮癢了！」當傑喊她的全名時，一副想上身教訓一下，可是同時間，她覺得他好聽的嗓音喊她名字時，心兒怦怦怦的。

江侑希心裡亂糟糟的，哪有餘力分析這究竟是什麼感覺，可是很明白一個道理，原來自己有M的本性，明知道他看起來已經有些不悅，仍想知道有關於他任何的一切。

「告訴我嘛，我想知道！」

傑覺得她太過積極，凝視那張倔強的臉龐，一個念頭在心頭一閃而逝，快得令人捕捉不及。

「為什麼想知道？」

「就……」她面色發窘，不好意思地說：「關、關心你。」

「江侑希。」微涼又帶點憂愁的聲音在耳邊融化來開，悄悄觸動江侑希內心的某根心弦，「妳會害怕去愛人嗎？」

她抬起臉，懵懂的雙目瞧了他一眼。正思忖著該如何做回覆時，傑的聲音再次傳來。

「重視一段感情的人，往往不敢去愛。因為就怕一個不小心，這份愛情碎了一地，在心碎與害怕中迷茫，找不到出口。」

江侑希聽得霧煞煞，她只不過想知道他有沒有心上人罷了，為什麼卻說這麼深奧的話語。不過……聽他的語調，應該是曾經有過失去某份愛情。

為什麼她竟有一瞬感到心痛？

江侑希故作鎮定，揚起臉迎向他，臉上充滿勃勃朝氣的神色，「總有一天會遇到把你從迷失空間拉出來的人。不敢愛，是因為還沒遇到吧！」

傑驚詫低頭瞅著江侑希，飄逸的髮絲將她臉龐襯得俏麗迷人。他張口正想說話，前方的李伊婷忽然倒抽口氣。

「文拓，你的脖子怎麼抓傷了，還紅紅的，是過敏嗎？」

江侑希好奇地探頭看看，「真的耶，面積好大。」

「沒事沒事，被家裡養的小花貓抓了。」夏文拓微笑化解大家的擔心。

一旁的傑飄到夏文拓的身邊，瞇起狹長的眸子，再轉眸打量似乎想掩飾什麼的夏文拓。可惜紅腫的部分只露出一點，其他部位則被紗布覆蓋，而且又在令人懷疑的左肩膀上。

一行人來到附設在五專部地下一樓的學生餐廳。江侑希舔舔嘴巴，左右張望，雷達開始搜尋美食。

「伊婷，幫我買一杯樺達奶茶，我想吃炸豬排飯，先去排隊囉！」

輪到兩人有機會獨處，傑立刻飄到江侑希的正前方，故意擋住招牌。「我要看夏文拓紗布底下的傷口。妳有辦法偷看夏文拓紗布下的傷口嗎？」

「吃飯皇帝大，你先閃邊去啦！」江侑希索性不看招牌，憑著記憶力隨口點了三碗各有特色的炸豬排飯、炸雞排飯、炸魚排飯。

「就知道吃。我在跟妳講正經事。」傑二度飄到江侑希面前，故意擋住老闆。

可是江侑希有辦法側個身，把剛好的零錢放在老闆面前，臭屁的向傑揚了揚眉。

「唉，你總不能叫我去扒了文拓的衣服吧，而且不能一直跟蹤。我和他除了同班外，也不是同

一個社團啊。」

「那你去他的社團。」

「吼，拜託幫幫忙！他是戲劇社耶，我演戲又不強，當時開學報名加入烹飪社了，裡面有滿滿的美食，哈哈！」

傑覺得有時候跟江侑希講話，很容易得腦溢血，對於滿腦子只有吃的人來說，他說再多都是屁……

「反正妳要想出解決辦法，夏文拓這條線索是要查的！」

江侑希不悅的噘了噘嘴唇，抱著三個飯盒回到餐廳的位置上坐好。李伊婷和夏文拓已經買好中餐，有說有笑的聊起戲劇社的趣事。

夏文拓看見江侑希抱著三個飯盒，有些吃驚，也把自己不喜歡吃的花椰菜推給她。

江侑希宛如難民，屁股一入座，便迫不及待打開餐盒，低頭狼吞虎嚥。

夏文拓笑著，「對了小希，我已經很久沒看到妳來戲劇社了，社團成績零分的話，操行成績很低喔！」

「啊？偶不素參加戲去社啊。」嘴巴塞得滿滿的食物，連一旁的傑都看不下去，在耳邊叨嘮不停不要滿嘴食物講話，又夠髒的！

她吸了大口奶茶，快速把豬排吞腹入肚。「咳，我說我不是參加戲劇社，我是參加烹飪社的。」

聞言，李伊婷皺起眉頭，「才不是，妳和我一起參加戲劇社。開學時候我還問過妳可不可以陪我參加戲劇社，妳邊吃我送妳的芋頭奶凍捲，點頭加入啊，還很阿撒力在社團單子上簽名報名。」

江侑希張著嘴唇，就像老人痴呆的轉頭徵詢夏文拓。只見夏文拓含笑點了點頭，「嗯，小希，妳的確是戲劇社的。」

一旁的傑用手掩著嘴，低低的聲音從抿起的唇瓣洩出來，「呵呵……這是我聽過最好笑的笑話了。居然被一個芋頭奶凍捲收買，加入戲劇社，學期都過一半，還渾然未覺。」他眼底飄過一絲促狹地笑意，一副看好戲的表情。

江侑希扯出無奈的笑容，「騙人……那我這段期間去烹飪社不就白費了嗎？我吃不到香草鮮奶油戚風蛋糕、巧克力黑森林蛋糕、提拉米蘇，嗚嗚！」

比起操行成績，江侑希更在意美食的誘惑。她失魂落魄的趴在桌上，眼前炸豬排飯變得沒有那麼美味了。

※※※

既然都是戲劇社的一份子，江侑希很快就把沒有機會參加烹飪社的沮喪心情拋到腦後。最主要的原因是，期中考後，副社長夏文拓決定請所有社員吃滋多星披薩，沒吃到蛋糕根本不算什麼！

正式參與戲劇社後，江侑希發現社員們還會找時間煮些食物來吃，有時候留在學校比較晚時，會輪流煮冷麵、泡麵，加入一些泡菜、年糕等食材，這裡儼然像是屬於她的天堂。

「小希，妳縫製丫環的血衣了嗎？明天要用喔！」

「我這裡煮好會馬上去縫！」她朝外面喊道，從鍋子裡面舀起一杓湯頭，吹冷後大口吞下去。

「哇，超超超級好吃！」

江侑希有大半個學期沒出現在戲劇社，於是自告奮勇煮麵給社員吃。但以傑的眼光來看，她只

是想吃東西罷了。

「加入戲劇社不是讓妳吃東西的。」

「我知道啦。我會邊縫衣服，順便和文拓套話的。」

傑內心無形的嘆了口長氣，江侑希顯然不看重這件事情。

「傑！」她滿意的咂了咂嘴，甚至舀起一杓湯頭遞給傑，面帶微笑地誘惑著，「好喝唷，快嚐一口嘛。」

傑冷冷地拒絕，「不需要。這些是妳為外面那些社員而煮不是嗎？」

「這是我親手煮的耶，我覺得第一口應該給你嚐嚐。」即便是煮給社員吃，可這是她第一次下廚，想要獲得一直以來在旁協助自己的傑的認可，好歹他幫忙寫了好多筆記，讓她順利把期中考考好。

如果這些熱食是自己煮的，是否他就不會拒絕不吃呢？江侑希內心耿耿於懷那天願意借用身體給傑吃三明治，不料被拒絕。

「為什麼？」傑瞇起眼，高深莫測，聲音平靜到令人聽不出任何情緒。

「我看得出來你很想吃熱騰騰的食物啊！」

所以那天很認真買下三明治，以為時間一久或許他會放下戒心。似是時機適當，江侑希緩慢地說出內心的話語，「你很孤僻，不想接受我付出去的關心，可是有時候你又很自然，像尋常的相處，罵我、嘲笑我，就像有溫度的人，我才覺得我們兩個的距離沒有很遠。」

「我一直很好奇，你吃東西是什麼模樣？如果大家都看得到你，你是否也會像對我那般，對待其他人。從那天你幫我吸毒液開始，我只想看到真正的你！」

江侑希沮喪的把杓子扔回鍋子裡，滾燙的湯漬濺了出來，在她白皙的手背留下一點一點的紅腫，可是她一點也不以為意。

「不要拿身體開玩笑！」傑低聲斥責她的態度，操控她的手放到水龍頭下沖水。她已經分不清楚手背的燙傷太痛，還是因傑的疏離而感到心痛。

「至少……」江侑希抬眸凝視神色清冷的傑，「在我面前露出真實的一面。我想認識真正的你。我說過了，我既然借給你使用身體，是真心真意想幫助你。」

在傑的身上有太多祕密，多到江侑希看不清楚他真正的面貌，彷彿藏在無數個黑暗之中。他有充滿祕密的愛情、牢不可破的防備，以及很可能永遠觸及不到的真實溫度。

碧綠色的眼睛彷彿覆蓋一層深深的面紗，他低聲說道：「既然如此，我只想妳盡快查出夏文拓肩上紗布下的祕密。」

江侑希臉上劃過一絲蒼白。她勉強彎出難看的笑容。「我知道啊，真的知道，我等等就會幫你調查了！」

她咬緊嘴唇，關掉微型電磁爐，撒氣般的戴上隔熱手套。忽然間，她的手又不能動了。

她惱火的低吼，「我都知道了，你還想怎樣？」她覺得心很難受，很想趕快出去這狹小的房間。

「江侑希……」低聲呼喚的聲音猶如虛幻的夢境，竟有幾分罕見的溫柔。

他伸出手，緩緩滑過她的棕色長髮，想抓住那點真實與溫暖，心莫名恍惚起來，腦海裡只有一個念頭，如果碰得到，她的頭髮一定是和絲帛一樣柔滑的觸感。

可是這些想像只能存在於心裡。他日日夜夜都在乞求，或許隔天早上起來就回到原本的身體裡了，可是每當一睜開眼，仍然是這世界的景色、耳邊仍然是她開朗的笑聲。

越害怕愛錯的人，越會不敢愛上新的世界，就怕哪天真正心碎，一步步走得小心翼翼，可是壓抑在心裡的感情也變得失控。

「我沒有祕密瞞著妳。」他收回手，在身側握緊，「我比妳都還想要回到真正的身體裡。不想借用妳的身體，是因為要守住內心最後一份寸地——保護妳。妳是這具身體的主人，我說過，絕對保護妳平安。」

眼眶似乎有什麼溫熱的東西湧出來，逐漸模糊眼中的青年臉孔。江侑希用力眨眼，愣愣的看著面露哀傷的傑。她伸出手覆在他的臉龐，角度與距離抓得十分精確，可是手心下依然是冰涼的空氣，一絲餘熱也不肯施捨，奇蹟並沒有出現。

「傑……」她渴求般的低喊著。有辦法的、一定有辦法可以像上次那樣，感受到你的溫度！腦海裡只剩下這個執著的念頭。

他輕輕笑了，淺淺的笑容刺痛她最後一根理智。一滴眼淚從眼眶緩緩流下，江侑希一吸鼻子，扭身重新戴上隔熱手套，端起鍋子朝門外走去。

「說我是笨蛋，你才是笨蛋……」她的聲音飄散在空蕩的室內，最後的話語卻被深深藏在微小的縫隙裡——

我寧願你使用我的身體，讓我看到幻象中，那個真正的你……正因為相信你，根本不怕失去這具身體。

※※※

戲劇社擁有一間獨立的社團辦公室，位於教學大樓的地下室，裡面除了有小型舞台，還有化妝

室與更衣間。戲劇社使用的背景、道具雜亂的堆在舞台旁邊。

端著一鍋熱騰騰湯麵的江侑希出來後發現男生都不在社團辦公室內，只有幾位女孩子坐在椅子上吃餅乾邊聊天。

「男生都去哪了？」

「剛排練完，先去換衣服了。」一名女同學抓起一塊起司餅乾，用下巴指了指舞台旁邊的後台，「妳新來不知道，舞台後面有男生更衣室，女生則用化妝室。」

「哦。看不出來社團辦公室還能規劃出這些。」像烹飪社團，只能使用教學大樓的普通教室，根本沒有所謂的「社團辦公室」（簡稱社辦）。

「那是因為我們社團每學期都榮獲評鑑前三名呀，新生票選最熱門的社團之一，學校當然會撥出一些經費給我們使用。」

江侑希把鍋子放在桌上，跑回剛才的地方，就發現傑一人坐在地上，不知道在想什麼。想起剛才發生的事情，她尷尬的抓抓臉，小聲地說：「現在男生都在更衣室換衣服，你快去看。」

反正社團辦公室就這麼大，江侑希也不需要自己出動。她和女生群坐在一起，沒等男生來已經先開動了。

她刻意坐在抬起頭就能看見舞台的方位，只見傑飄進舞台，過了許久都還沒出來。

「對了，前幾天社團老師要我們把辦公室整理一下。妳們有誰可以今天晚上留下嗎？」

「我！」李伊婷一馬當先舉起手。

江侑希有些意外李伊婷變得好積極，以往宿舍房間的地板、櫃子、窗戶等家具都是自己擦拭的。李伊婷是個懶惰、不喜歡做家事的女孩，何況整理戲劇社的道具是很辛苦的。

「我也可以！」江侑希也舉起手，並非熱愛整理道具，而是可以趁著整理道具，調查這間社辦。

江侑希不希望夏文拓是蟲王，萬一傑除掉夏文拓時，不小心傷害到怎麼辦？

夏文拓時常來社辦，多數時間，其他人也會出現在社辦，社辦對社員來說，還可以把一些教科書丟在這裡。

住在學校宿舍的學生每天不需要背一堆教科書，可是對住在校外的學生來說，每天上課八小時，使用到的課本就有五本以上。當學生的，總是把課本丟在學校，等到要考試時，才帶回家臨時抱佛腳。

「好熱！冷氣怎麼都不涼。」其中一名女學生熱到滿頭大汗，起身走到冷氣機下，把溫度往下調幾度。

她脫掉外面的衣服，留下深橘色的背心，然後走回座位。

「那、那個圖案……」愣愣盯著女孩左邊肩膀上的黑紅色圖紋，江侑希太過震驚，無法發出半點聲音。

女孩輕輕一笑，炫耀般的性感扭動雙肩，「哦？這個是社員為接下來演出的戲劇所上的刺青呀。高等顏料，半年內用清水洗都洗不掉唷！」

什麼?!若真如女孩所說，那麼其他人也會有。那天在圖書館誕生的蟲子大將很有可能是戲劇社內其中一位！

江侑希思緒亂糟糟的，真是糟糕到極點，事情越來越複雜、越來越撲朔迷離，但至少在圖書館被傑用獸爪劃傷的蟲子可以抓出來！

女孩忽然想起什麼，說道：「對了，妳現在才報到。作為替補演員，也要畫這個圖形才行。」

李伊婷在旁點頭認同，「嗯，對呀！小希，雖然我是替補人員，但我也有畫上這個圖紋。」

「這個……」江侑希不太想要在身上畫上蟲子的印記。而且那隻蟲子還是傷害傑的兇手！

「應該不用。替補演員挺多的。」

當江侑希思考如何拒絕，夏文拓已經換好衣服走到她旁邊。他低頭，面帶微笑，金色髮絲垂落臉龐，劃出一道炫麗的弧度。

江侑希略略偏過臉，視線越過夏文拓，看著面無表情的傑。難道發現什麼嗎？為什麼表情那麼……嚴肅呢？

「這是小希煮的嗎？」夏文拓的聲音拉回江侑希的目光。

「啊？嗯，沒錯。」她馬上替其他五位男生各舀一碗，「快來嚐嚐看！」

李伊婷立刻拉著椅子坐到夏文拓的身畔，關心他肩上的傷勢，一邊熱心的替他倒杯水，「文拓，你肩上的傷口還好嗎？」

「不用擔心，有在擦藥。」夏文拓溫柔地笑了笑。

傑飄到江侑希的身邊，低聲說了句令人摸不著頭緒的話，「這段時間，妳看好妳朋友。」

李伊婷？江侑希吃驚地用眼神示意坐在對桌的黑髮少女。只見傑嚴肅的點了點頭，這讓她更不懂了。

江侑希推開椅子，拋下一句「我去上個廁所，你們慢吃。」就匆匆忙忙奔出社團辦公室。

但她沒有去一樓的女廁，而是轉向大樓旁邊的停車場。停下步伐，她轉身劈頭就問：「我不懂為什麼要注意伊婷，就算她肩膀上也有黑紅色的蝶形圖紋，但我很相信，她不是蟲王的大將！」

「她身上也有蝶形圖紋？」由於傑在更衣室觀察裡面的男學生，並不知道外面的女孩群聊了些什麼。以至於聽見江侑希的話，有點錯愕。

江侑希快速且簡單該要把事情解釋一遍，同時也看見傑的表情越來越凝肅，她心裡有不好的預感。

「那幾個男生肩膀上也有蝶形圖紋。」他略顯煩躁的呼口氣，「看來那隻蟲王挺聰明的，知道有人在調查，於是藉由別人做掩護！」

「那現在怎麼辦？我們一定要找到那天在圖書館被你爪子傷的蟲子啊！」這樣並不是線索全部都斷，反而縮小範圍，蟲王或大將一定在戲劇社內。

傑背過身，在一台汽車旁邊走了幾圈，然後說：「看好妳朋友，儘量別讓她和夏文拓獨處。」他頓了頓，深呼吸，說道：「夏文拓肩上的傷口根本不是被貓抓，而是燙傷，整個傷口都爛掉了，無從分辨原來的傷勢！」

蟲王這一招，做得很聰明，也很絕！他完全看不出來這個燙傷傷口是後天人為，還是原來就是三度燙傷了。

第六章　咫尺距離間的醋意

江侑希坐在成堆的布料堆裡，目不轉睛盯著量尺上面的刻度。長是八十公分，寬是十公分。拿著鉛筆畫下刻度，再拿著剪刀全神貫注地裁出需要的長寬。

「咕嚕咕嚕……」肚子的飢餓聲音不只有一次響起，十分鐘以內，已經響了八次。與其坐在這裡裁剪布料，不如去吃大餐啊！誰叫她期中考前都缺席，辛苦的剪裁工作就交給自己負責。

「小希，原來妳在這裡！」戲劇社社辦的大門被推開來，一股清香飄進來。黑髮少女雙手捏著裙襬，在江侑希面前轉了一圈，「快來幫我看看這件如何？」

她穿著一件粉底白色花朵的百褶裙子。奇特的是，群襬前短後長的設計突顯潔白修長的美腿，圓領的胸口衣襟有鑽石點綴，與配戴在脖子的項鍊相互呼應。

李伊婷含笑的雙眸燦若如星，小小的鼻梁下那彎起的嘴唇露出潔白的牙齒，看起來像位不食人間煙火的秀麗少女。

江侑希打從心底認為好看極了。「很好看，不過妳穿這麼漂亮要去哪？」

李伊婷興奮地拉起江侑希的雙手，「文拓約我去看電影喔！」

什麼?!不行、絕對不行！傑說過要注意別讓李伊婷和夏文拓走太近。

「妳怎麼一臉驚訝？」李伊婷傾身，手放在唇邊，悄悄地在江侑希耳邊說：「偷偷跟妳說，其

實我很喜歡文拓。」

什麼?!！！江侑希心中冒出多個驚嘆號，為什麼自己身為李伊婷的好麻吉，居然沒有看出這件事情！

「那是因為妳眼裡只有吃的。」傑忽然出現在江侑希身邊，打量李伊婷一身裝扮，也面露詫異，不過他興趣缺缺的轉開視線，說道：「夏文拓的嫌疑還沒洗清，如果妳不想要妳朋友變成蟲子產卵的母體，就暫時別讓他們太靠近。」

糟糕，有什麼方法能讓約會取消嗎？江侑希頭疼地揉了揉發脹的額角，快快快快想，一定有方法的！除非……夏文拓臨時有事。

江侑希思緒快轉，靈機一動說道：「伊婷，我突然想到剛才文拓有來這裡。他和我說臨時要去採購道具。今天他得跟我去。」

李伊婷面露失望，卻馬上又說：「那我也一起去幫忙好了。」

「不用不用，他說兩個人就夠了。」就是不想讓妳去才這樣說，抱歉啊，伊婷。

可是李伊婷不想放棄和夏文拓相處的機會，「那我代替妳去。」

江侑希詞窮了幾秒，可憐兮兮的央求道：「不好吧。伊婷，我期中考前都沒來耶，至少副社長交代的事情，我要做好。下次我會幫你們製造機會啦，好不好？」

「唔，好吧。」李伊婷勉為其難的答應。「不過文拓怎麼沒跟我說，反而跟妳說？」

「事情緊急吧。」江侑希乾笑著。她得趕快抽時間打電話給夏文拓，否則沒套好招，被李伊婷發現就慘了。

李伊婷離開戲劇社社辦。江侑希把成堆的布料推到角落，拎起包包就往樓上跑，一邊打電話給夏文拓，邊跑回宿舍。

順利與夏文拓邀約，江侑希打開衣櫃，拿出一件裙子就地換裝。傑眼明手快的轉過身，過了幾分鐘後，他扭頭一看，不由愣住了。

一襲杏色的露肩薄紗長裙下是一雙修長的美腿，在大腿處的部分則是黑色的底裙，若隱若現的美感著實令人怦然心動。濃密滑順的棕色長髮微微捲曲，柔順地流淌在雙肩，棕色眼睛彷若灑滿金色碎光的海洋，潔白純真的面容、挺而小的鼻子，塗上一層淡淡的唇膏的雙唇，截至認識她到現在，是從未見過的裝扮。

傑微微皺起眉毛，雙目直勾勾盯著江侑希的容貌，心中的震撼程度都把嗓子給啞了。

「不好看嗎？」她轉了一圈，長裙也跟著劃出一道優美的弧度。

傑張了張口，臉上浮現罕見的暗紅，在心裡琢磨許久才說了一句文不對題的話，「就是採買戲劇社的用具，用得著穿成這樣嗎？」

「可是剛才伊婷也穿很漂亮啊。」雖然她不是去約會的，可任誰看到朋友穿那麼漂亮，多少受到影響，也想打扮得美美的。

傑不悅地迅速回了一句，「她是去約會，妳又不是。」

江侑希不知怎的心裡有點失落，剛才她看見了，傑一見到李伊婷的模樣也露出一絲驚嘆。可是為什麼連點讚賞都不給她？

江侑希有些氣惱的脫掉長裙，換上稍微普通的素色連身裙子，從書桌底下拿出涼鞋。

傑不明所以的看著江侑希一連串俐落的動作，「為什麼又換掉？」

「反正又不是約會，有人覺得醜不是嗎？」她的口氣帶著幾分衝動和委屈。

傑皺起眉頭，江侑希很少用這種口氣和自己說話，他自然聽得出來她語調中的怪罪。他懊惱地抓了抓頭髮，一下張口一下抿起嘴，欲言又止地磨蹭著。

哪是醜，是很美……尤其那雙美麗的眼睛，深深吸引住他的目光，一點點的撩撥平靜的心，癢癢的、暖暖的，就連現在，他的心臟還是跳動很快，努力想穩住失去節奏的心跳，卻越失控。

該要誇獎的。可是內心無數讚賞、驚嘆的話語到了舌尖卻變了另外一番模樣。

「妳在亂七八糟說什麼，誰覺得醜了？」

江侑希語塞，不再回答，只是用含怨的眼神瞪著傑，明明白白的指責：就是你啊！

「我不想說了，我趕時間！」她甩頭，拎起外出用的小背包，揚首闊步走出宿舍。

※※※

江侑希和夏文拓約在學校附近的一家咖啡店見面。前去會面的路上，她邊走邊把採購清單打在手機上，把夏文拓騙過來，當然要有理由啊，否則很容易被對方發現說謊。

幸好最近戲劇社有道具材料需要採購，否則江侑希沒有適當的理由逼李伊婷取消約會。

「對不起，我來遲了。」江侑希姍姍來遲，剛看見屋簷下的夏文拓一身登山客的裝扮，不由好奇地問道：「誒，你剛才去爬山啊？」

夏文拓似是有些措手不及，臉上神色微微一滯，很快地掩飾，「嗯、對。不過剛下山就接到妳的電話趕來。」他邊說著，抬起一腳的鞋頭，悄聲無息的踢了踢地面的水泥地，想抖掉鞋子上的紅褐色泥土。

傑瞇起眼睛打量夏文拓極為不自然的舉動，像是想掩蓋什麼。而且沾在鞋子和褲管的紅褐色泥土還帶點詭異的暗綠色。

「這是我列出的清單，不過採購的部分還需向你報備一聲，所以才急急忙忙通知你，希望沒有打擾到你的假日。」江侑希沒想太多，把手機遞給夏文拓，細心地講述表單內每一項物品剩下的份數，以及需要補足的份數。

「沒關係，戲劇社的事情要緊。」夏文拓簡單掃過一遍，抬頭看向身邊的女孩，被汗水浸溼的瀏海浮貼在額前，挺秀的鼻樑還有一層薄薄的汗珠，胸口急促起伏，看起來很狼狽。

他從口袋拿出一條手帕，溫柔地擦拭江侑希的額頭，「看妳滿頭大汗的，妳跑得過來嗎？天氣這麼熱，不需要跑，我等上幾十分鐘沒關係的。」

她嚇了一跳，手忙腳亂的想接過他手裡的手帕，可是他一點也沒有要把手帕給她的意思。

她露出一絲坦然與歉疚的笑容，「讓你等不好意思啦，而且還是我臨時邀約。」

「我可沒有讓女孩子等待的習慣哦。」

夏文拓目光專注地進行手邊的動作，把她的瀏海往臉頰一側撥去。那雙如黑夜繁星的眼睛溫潤明亮，似是從瞳仁深處窺見繁星滿天、閃爍耀眼光芒的夜空，穿透寧靜的黑夜，如一顆流星劃過她的心湖。

陽光覆蓋住他一半的側臉，一種特別的魅力從他身上傳達出來。如果她現在是李伊婷，恐怕早已被迷住，溫文爾雅的男生向來是吸引女孩子的目光。

忽然間，她的手不受控制地握住夏文拓的手，指尖用力的抽走他手裡的手帕。江侑希正困惑著，就聽見身後飄來傑沉沉的嗓音，深沉得令人無從捉摸。

「這時候不是該採購道具材料了？還有閒情逸致擦汗？」

夏文拓被江侑希突來的舉動嚇了一跳，「小希，妳這是？」

「因為我想說差不多該出發啦，這些汗就讓風吹乾，哈哈哈！」她總不能說是有隻幽靈在操控自己的身體吧。

不過他為什麼要這樣做？江侑希轉頭看向被陽光籠罩的傑，那抹身影看似有些模糊不清。當他飄到屋簷下時，繃著張複雜神祕的神情，碧綠色眼睛僅僅掃過她一眼便轉開，僅有短短一瞬間，眼睛深處像是深不見底的懸崖，惱怒、壓抑、痛苦、平靜，各種情緒像暗流流動。

接下來的時間，江侑希跟著夏文拓前往文具店。夏文拓拿著籃子，一一清點江侑希丟進來的材料份數，有時候她的視線會若有若無的尋找傑的身影，每當她打算收回目光時，他就會靜靜出現在夏文拓的斜後方。

「小希，妳拿錯了，是隔壁這個哦。」

「抱歉，沒有注意到。」

夏文拓趁江侑希替換材料時，悄悄向身後投去一眼，那個方位正是她剛才凝視的方位。其實江侑希的小舉動他都看在眼裡，只是不太明白她透過自己在看什麼東西罷了。

傑留意到夏文拓以一種意味不明的視線盯著自己，雖然夏文拓看不見幽靈的自己，可是那道眼神流露出深邃且挑釁的眸光，就像是看得到他的人。

他挑起一抹詭麗的笑容，像是黑暗深處湧起的冷酷，與向來嶄露無遺的溫柔有著天壤之別。

「啊，文拓。等等在去布料店，可能要買一些金色針線。」在江侑希開口說話時，他已經收回目光，溫柔地笑道：「好，沒問題。」

傑變了臉色，夏文拓果然有問題！剛才那抹笑容究竟想做什麼？

離開文具店，兩人轉向前往販賣布料店的市場，與其說是賣布料的市場，不如說是衣服的批發商聚集地，此外還販售一些針織毛線球，集兩種類型攤商在一起。

江侑希挑了幾個針線便離開店家。她滑著手機，和夏文拓核對完清單上的份數後，準備把這些材料提回學校。

兩側攤商礙於店面不夠大，一疊疊的衣服放在用多個透明白色的方型籃子，堆在店面門口和走道。

此時一台機車狂按喇叭，催著油門加速通過。在如此狹窄的街道沒有緩下速度，實在惹人嫌。

江侑希沒好氣的瞪了叭叭叭不停的機車騎士。誰知機車騎士狂妄到把這條街道當作是自己家，不但沒放緩速度，還加速行駛。

像是沒看到江侑希不爽的目光，油門一催，竟從她身邊呼嘯而過。傑目光一緊，作勢要衝上前附身在江侑希身上時，夏文拓先行一步，深怕她被撞到，趕緊將她往懷裡一扯。

夏文拓也罕見露出一絲不悅的情緒，在這麼狹小的巷子裡飆車，有沒有顧及到行人的權利！他低頭詢問同樣生氣的江侑希，「沒事吧？」

想到後照鏡擦過手肘，江侑希氣炸了，「要飆車不會去其他寬一點的地方飆啊，很危險耶！」然後想起什麼，不好意思的推開夏文拓。

「謝謝。」

她轉頭張望，剛才好像看到傑也朝自己衝過來，人去哪了？

夏文拓瞅見江侑希似乎在找什麼東西，「怎麼了？」

「沒事。」江侑希笑了笑，收回視線。

「我們走吧。」夏文拓細心地繞到江侑希的另一側，讓她走在內側，以防又有飆車族不顧行人安全，傷害到她。

兩人肩並肩走出狹窄的巷子，來到大馬路。一抹淺淺的身形出現在他們身後。青年臉上呈現出哀傷的神情，冷澈的碧綠色眼眸就像被大雪掩埋的綠意，深深地葬在山谷最深處的冰縫。

空洞的眼神飄向自己的手掌心，想抓住女孩如同陽光般的溫暖，竟是那麼困難。

我會保護妳——這句話是發自內心承諾的，可是直到剛才那一剎那，他才發現身為靈體也有保護不了她的時候。

他眼中難忍痛苦，牙齒緊緊的咬住，和煦的陽光灑落在他身上，映得如白晝般，恍若一抹虛幻的光影，心卻如同夜晚的冷月，那般寒冷徹骨。

靜靜地跟在兩人的身後。傑看著江侑希與夏文拓有說有笑，不禁感到一陣煩躁，這個時候，那雙美麗的眼睛向他投來一眼，心頭一陣激盪抽痛，他漠然地垂下眼簾。

江侑希見他有意閃避自己的目光，握緊拳頭，敲了敲胸口，好像有什麼東西堵在心口難受。

夏文拓低頭瞧了瞧，「太陽太大嗎？」說著修長的手臂橫在江侑希頭頂上方。她驀地抬頭，彼此的目光四目相接，他眼中那份清晰的溫柔如同午後的陽光化開在她心裡。

「不要緊的。」

「那就好。」夏文拓收回手，溫暖一笑。

與此同時，江侑希來不及收回視線，只見一抹身影竄到眼前，明亮的陽光穿透而過那具透明的身形，刺得她不由瞇起眼睛。

「還好嗎？」他的聲音非常溫柔，柔得如能融化周遭一切。

江侑希圓睜雙眼，心跳在剎那間跳得很快，快到彷彿下一秒就要跳出胸口。然後她綻放一笑，抬起的手似是要遮住陽光，又像想抓住那位青年。僅僅短暫的一秒鐘，他恢復了鎮定的表情。

「沒事就好、沒事就好……」像是說給自己聽的，他低喃重複第二次，然後便飄到她後面去。

這也不過只有幾秒鐘的事情，可是對江侑希來說得來不易，很想要時間即刻停止。從她換上沒有機會穿上的那套洋裝起，他在生氣，而他剛才的問話透出滿滿的關心，能說明他並非冷情之人。

夏文拓忽然拽住江侑希的手腕，深邃的瞳孔裡將那抹凌厲的殺機推入深淵，看向她時，已是平靜一片。

「快走吧！」他邁開步伐往前走。

兩人經過一處地攤時，一個閃爍的吊飾掠過江侑希的眼角。她停下來，連帶夏文拓也跟著停下來，陪她站在路邊攤前。

江侑希彎腰拿起一個用水藍色華繩編織的吊飾，華繩垂掛的是隻可愛的小狼，那雙黑溜溜的獸眼可愛至極。

夏文拓看得出來江侑希很喜歡這個吊飾，連他也覺得很可愛，很適合掛在女孩子的背包上。

「這個吊飾很漂亮。」他誇獎道，「老闆，這個多少錢？」

見了這兩位客人很滿意攤位上的吊飾，老闆娘笑臉迎人，「一百元，這排吊飾都是相同價格，我自己製作的。很適合掛在腰間，你女朋友穿這件裙子就很適合。」她拿起另外一個吊飾，示範掛在江侑希腰間的裙子。「來，我示範一次給你們看。」

「那、那個……」

江侑希才想開口解釋並非女朋友，老闆娘誤以為她不好意思試戴，於是又說：「不要緊，吊飾這種東西就是現場試掛才知道好不好看。」

夏文拓好像沒有想解釋的意圖，而且也沒有感到尷尬。江侑希索性放棄辯解，於是問道：「有賣零件嗎？我想自己做。」

老闆娘笑得牙齒都露出來了，「有有有，想做給男朋友唷。這個製作方法很簡單的，我這有模組，妳只要把華繩纏繞住狼模組。」

江侑希還在思考要向老闆娘討教，沒想到編織方法很簡單，儘管簡單，但她仔細審視手裡的吊飾，發現纏繞的功夫很厲害，並非只是把現横向或直向繞一繞就結束。

老闆娘拿出一個束口袋，把裡面各色的珠子倒出來，「珠子部分妳想要什麼顏色？」

江侑希立刻說：「綠色……」卻怕意圖太明顯，於是又挑了其他顏色的珠子，「還有藍色、黃色、黑色。」

和夏文拓外出採購完戲劇社需要的道具材料後，江侑希除了加工趕製戲劇的的戲服外，只要有空就坐在書桌前編織吊飾，而傑並沒有深入詢問她在做什麼，只是看了一眼、拋下一句：「如果妳讀書有這麼認真就好了，鐵定是個高材生。」

傑看起來又像沒生氣般，隨口吐槽起來，彷彿那天與夏文拓外出時，他完全沒有生氣。

不知道他為何動怒的江侑希無從問起，最後不了了知。兩人恢復往常相處模式，他嘴巴很賤的數落吊飾小狼，「我發現妳的眼光真的很差，女孩子不是都喜歡沒有嘴巴的凱蒂貓嗎？」

沒有嘴巴的凱蒂貓！江侑希還沒吞下的水噴了出來，從小到大，她完全沒有發現轟動多年的凱蒂貓居然沒有嘴巴！

「髒死了，不要拿妳的口水汙染別人！」傑很慶幸自己的透明的，否則就被口水洗禮一番。

「呵呵呵！原來你也知道凱蒂貓，不過我比較喜歡美樂蒂，很可愛的兔子哦。」她抽出幾張衛生紙胡亂擦拭嘴巴，蹲在地上把水漬擦乾淨。

傑驕傲的揚起下顎，「哼，那還用說。我可比妳靈光。我連查理布朗那個光頭都知道！」他在這個世界不是只當幽靈而已，還要弄清楚這是哪顆星球。

查理布朗？江侑希一時沒反應過來，忽然想到史努比裡面有個小男孩，就是查理布朗。

「他哪是光頭啦，前面有頭髮！」

「三個圈圈的筆畫哪是頭髮，妳們世界的卡通居然都不清楚，笨死了！」

江侑希張口想反嗆回去，宿舍的門突然被推開。李伊婷一進門就劈頭問道：「小希，妳在跟誰說話？」

江侑希慌慌張張的爬起來，抓起手機佯裝驚訝的聲調，「咦，居然掛掉了，真是的！」她乾笑解釋，「我按擴音啦，哈哈哈。」

李伊婷不疑有他，然後指了指江侑希桌上的吊飾，「小希，那是要送給誰？」

江侑希把吊飾往裡面推，有刻意想掩飾的嫌疑，「沒啦，隨便做做的，自己用的。」

李伊婷哪是省油的燈，賊賊笑幾聲，猛虧道：「妳有心儀的人了喔！」

傑聽見李伊婷的問話，不知怎的，煩躁的情緒又湧上心頭，甚至有些害怕江侑希的答案。他看見江侑希面色酡紅，滿目嬌羞，心弦略略鬆動。

他皺眉，飄出室內，飛入暖金色的光線之中。

「哪有，少胡說！」江侑希方說完這話時，就看見傑離開宿舍。她抿抿唇，沮喪的嘆口氣。

「如果送得出去就好了，那一天何時才會到來呢？」她的聲音透出淡淡的失落。

※※※

從夏文拓與江侑希相約去採購道具材料後，夏文拓三不五時邀約一同吃中餐，夏文拓此番舉動讓戲劇社其他人暗自猜測，是不是夏文拓正在追求江侑希？然而李伊婷的心情不是很好，雖然江侑希也有拉她一起用餐，並不是夏文拓親自邀請，如此大的差別讓李伊婷無精打采的。

江侑希都看在眼裡，所以她很害怕傷害到李伊婷的心。

「我好像做錯了，不該倉促邀文拓一起去買材料，如果那天伊婷如期和文拓約會，情況會變得不一樣吧。」

或許李伊婷和夏文拓會有來電的火苗。

傑聽了嘴角勾起一抹譏笑，口吻如看戲般的心態，「如果妳沒阻止，現在妳可能看到李伊婷變成蟲子了，兩隻蟲子談戀愛，這我倒沒看過，如果妳想試，就試。」

「不行不行不行！」江侑希不敢想像兩隻蟲子牽手逛街談戀愛。「但我只是當作一般交流啊，文拓現在頻頻對我獻殷勤，該不會真如其他人猜想的，他對我……」說到這裡，她倒抽一口氣。

傑冷冷地打斷，鄙夷的掃過她現在蓬頭垢面的樣子，「少臭美了，妳這副髒髒的樣子會有人喜歡嗎？」

「你很直接耶，都不委婉一些嗎？」江侑希撇了撇嘴，稍微用手指梳理頭髮，重新把一頭長髮綁起來。

「妳又不是第一天認識我。」傑飄到她旁邊，指了指她嘴角沾上食物的油漬，「偷吃也不擦乾淨點，想讓其他人知道妳在倉庫裡面吃東西嗎？」

戲劇社的倉庫放置表演用得到的重要道具，社長禁止有人在裡面吃東西，可是江侑希搬東西搬到累了，偷偷拿幾顆肉包在倉庫裡面嗑光。

她趕忙毀滅嘴角的證據，「唉，沒辦法，今天要排演，一口氣要搬好多道具出來，社辦又放不下那麼多的道具，只好把縫製一半的戲服搬回去。我怎麼覺得加入戲劇社都在打雜工。」

傑皺了皺眉，指了指她旁邊的面紙，示意用面紙擦嘴，不要用袖子擦嘴，「誰叫妳期中考前都缺席，妳算是社團新人，前輩不虐待妳虐待誰？」

江侑希聽話的抽了張面紙出來，隨便地在嘴巴抹一下就結束。

「傑，我們下一步該怎麼辦？文拓都沒有露出些許的端倪呢！」

他挽起確信的冷笑，碧綠色眼睛隱藏在微斂的睫毛陰影下，「誰說沒有，我倒是看到了。」

江侑希吞口口水，「看到什麼？」

「他看妳，就像看待食物。」傑輕輕微笑，像是早就預料得到江侑希定會像隻潑撒的小貓低吼。

江侑希哪會當真，猛翻個大白眼，「啥？別唬弄我了！」

他從容地笑道：「妳那麼笨，哪會知道我唬弄妳。」

「傑！」她惱怒的大喊，小小的拳頭握緊，右腳氣惱的在地上跺了一下，顯得滑稽又可愛。

「我說真的。妳並沒有注意到他看妳的眼神。那是窺探、帶著深淵盡頭的顫慄，妳有看過蟲王的紅色眼睛，自然知道我所言不假。」想起夏文拓露出的詭異笑容，傑的聲音變為嚴肅。

江侑希相信傑的話，被蟲王注視的感受直到現在仍然殘留在血液深處。

「傑，被蟲王附身的會怎樣？」

「如果時間久了，人格就會被蟲王吃掉，這下子就會變成完全的蟲王。」

她聞言擔憂地問道：「難道蟲王已經占據文拓的身體嗎？」

「我猜……」這部分他目前無法肯定，夏文拓對待周遭的朋友是發自內心的溫柔，那蟲王絕對還沒吞噬掉這部分的人格。「應該還沒。」

「嘩啦」一聲，驚動正和傑聊得正好的江侑希。她心一驚，想想推開休息室看看是誰，便被傑攔住。

他的手指擱在她的唇上，「噓，有人在偷窺我們。從現在開始我們小心點，妳不想被人誤會和鬼說話吧。」

廢話，被誤認瘋子，恐怕她得背負一輩子的瘋子暱稱！

「砰、咚咚！」門外突然響起重物落地的巨大聲響，下一秒接著是女孩子的尖叫聲。

「呀啊啊啊！」

江侑希全身一顫，這道聲音令人備感耳熟。她拔腿推開休息室的大門，慌張地掃過偌大的社團辦公室，只見一個人倒在舞台上，一旁的A字梯子壓在女孩的腿上。

社團的其他社員也聽聞巨響從第二間休息室走出來，一群人奔上前，和江侑希把梯子挪開。

「李伊婷、李伊婷！」夏文拓搖了搖女孩的肩膀，可是女孩仍舊沒有反應。他探了探女孩的呼吸，確定呼吸穩定便鬆了口氣。

「伊婷、伊婷，妳醒醒啊！」江侑希六神無主，除了拚命地喊女孩的名字，竟忘記要把人送去保健室。

其他社員紛紛觀察四周的環境，然後拾起斷掉的繩子。「這線……是被人切斷的，而且還用有點鈍的剪子切開。」

這條繩子用來綁住一塊一百公分長的木板招牌，就懸掛在舞台正上方，如今掉落地面時受到重創，四角都缺了一塊。

夏文拓接過社員遞來的繩子仔細審視，缺口部分的確參差不齊，是被用鈍的器具剪斷的。

「剛才有誰經過這裡嗎？」他揚聲詢問，「小希，妳當時人在哪？」

「倉庫。」朋友無故受傷，江侑希仍處於驚魂未定的狀態。

夏文拓又問，「有誰在妳旁邊嗎？」

江侑希臉色微微一變，這種問法難道是在查不在場證明嗎？「只有我一人。」總不能說還有一隻幽靈吧。

夏文拓的視線一一掃過每一位社員，表情非常嚴肅。

「當時我們主要演員都在第二間休息室排練，所以出來的只有說要去上廁所的伊婷。」

當他話一說完，其他社員目光紛紛挪向江侑希。

她激動地搖頭，「不是我！我不會去害我的朋友！」

夏文拓趕緊上前安撫江侑希，兩手放在她的肩膀，可以感受到女孩的顫抖，「小希，不要緊張。我們等伊婷醒來再說也不遲。」

傑飄到夏文拓的身邊，想把這條斷掉的繩子再看得更仔細。

這條繩子好像哪裡怪怪的。究竟是哪裡怪？分明是被生鏽的剪子強硬剪斷，所以繩線亂翹。

慢著！傑瞇起眼睛，索性整張臉都湊上去，一個念頭一閃而過腦海，碧綠色的瞳孔似是有發現而緊縮。

原來如此，根本不是人為，而是——蟲為！

第七章　與背後靈同睡張床

夜晚悄悄的降臨，月亮隱沒在厚重的雲層後面，飄下來細細的雨水，沒有月光的照射下，寧靜的校園更添陰森森的氣息。

一抹黑色的影子快速遊走在安靜的校園內，足音細碎，那人每走一段小距離，便小心翼翼地觀察四周。

身影的身高有一百六十公分，個子不高，纖瘦的身材像是名女性。連身帽T遮住娟秀的臉孔。當她抬起頭時，神情透露出一絲緊張與恐懼。看見前方紋絲不動，正等待自己的俊美青年，她鼓起勇氣，躡手躡腳的快速跟上。

「妳不是號稱天不怕地不怕嗎？」

「別鬧了，自從遇見你後，我就覺得哪天會被鬼跟。」她的言下之意，是說傑是個瘟神、衰鬼。

傑索性順著她的話揶揄回去，「那很好呀，給我找個伴。」

「我如果死了第一個找你算帳！」

傑笑了笑沒有回應，這時兩人已經抵達戲劇社社團辦公室的地下一樓入口。她拿出從李伊婷抽屜翻來的鑰匙打開大門的鎖。

「煩死了，幹嘛每次都要摸黑探險。」一鎖應聲而開，江侑希不敢推門而入，老實說一個人摸黑

回到案發地點有點毛毛的。

「不要擔心，我會保護妳。」傑在她背後輕聲說道。她感覺到一股無形的力量落在肩膀上，心裡的擔憂與恐懼不知怎的一掃而空。

她轉頭撞上正凝視自己的碧綠色眼眸，眼中的溫柔似是暗夜中閃爍的光芒，照亮且安撫那顆不安的心。

江侑希推開大門，門板發出生鏽嘰嘰聲音，一股很冷的風從裡面迎面吹上臉龐，地下室的空氣向來陰涼，甚至還有一些不太好聞的味道。

打開一旁的日光燈，室內頓時明亮起來。裡面的陳設如同傍晚離開時，沒有被人動過半分，梯子放在舞台的一側，木頭招牌平放在地上。

傑說蟲族大將躲藏在這裡，那條斷掉的繩子就是大將咬斷的，由於尚未發育成成蟲，牙齒沒有很尖銳，所以繩線才會亂翹。

現在的任務就是找到大將，把牠解決掉！

「喀拉喀拉。」舞台後方傳來不名物體滾動的聲音，江侑希渾身緊繃，鼓起勇氣往前走。

舞台的暗紅色簾子緩緩地被掀起來，一隻白皙的手正拽著一角，簾子下方是一雙勻稱白皙的腿，雙腳穿著一雙米白色的娃娃鞋。視線在往上挪移，那位體型瘦弱的身軀似乎是女孩的身形，她身上穿的裙子正是校服。

「妳是誰？」冷靜的聲音透出幾分緊張。她走上前，一隻手卻忽然橫在胸前，不讓她繼續往前走。

傑？江侑希看向擋住自己的青年。只見他兩隻手的十根手指頭伸張開來，眼中布滿冷冽的暗光。

暗紅色簾子後面的女孩動了動，左手高舉，逕自掀開簾子，那張神祕的臉孔頓時曝露在兩人面前。

「什麼?!」乍見女孩秀氣的容貌，江侑希倒抽一口氣，雙目死死盯著這位好朋友——李伊婷。

傍晚時刻，夏文拓本來想送李伊婷去醫院，但她中途甦醒，表示沒有大礙，被梯子壓到的腳沒有受傷或骨折，於是夏文拓便送她回校外父母親的家裡休息。

該在校外的人為什麼會出現在此?!

李伊婷雙目空洞無神，像個被操控的人偶，無形的線條圈住她的四肢，頭無力地歪向一側，如瀑布亮黑的長髮凌亂散在肩上，瀏海遮掩住姣好的面孔，此刻的她似是女鬼。

「不自量力的人類還不滾。」忽然，一道陌生的聲音沉而沙啞傳遍，江侑希聽不出來聲音的源頭在哪裡，那種聲音彷彿直接穿腦，腦袋一陣刺痛。

傑瞇起眼睛，剎那間，江侑希覺得喉頭緊窒，不受控制的發出並非自己說的話語。「是你要滾吧？骯髒的蟲子。」

他慢慢靠向江侑希，試圖透過聊天的方式找出蟲子大將的所在地點。

蟲大將傲慢大笑，像個瘋子闡揚蟲王的美好，「哈哈哈哈！王賜於我生命，這份生命是乾淨的、無瑕的降臨在這世上。」

斜後方掛滿戲服的衣架傳來窸窣的聲音，他耳朵微微一動，稍微偏過臉，視線掃過那處。

忽然間，懸浮在舞台上的李伊婷快速旋轉，飄揚的百褶裙子散出小小粒子黏附於空氣，以令人措手不及的速度擴散在社辦。

「江侑希，快離開這裡，往上跑！」

傑當機立斷大吼。江侑希拔起腿狂奔奔，誰知入口一陣強風灌進，吹得她睜不開眼，只好一頭熱的往前衝。

風聲忽止，她驚心膽顫地睜開眼，只見一抹黑影悄然無息地佇立在門邊，那雙魔魅的紅色眼睛竟彎起一道笑弧，令人打從心裡毛骨悚然。

「啊！」

江侑希呼吸一窒，驚得差點腿軟。與此同時鐵門砰的一聲闔上，無論她怎麼轉動門把，就是無法打開。

「江侑希，身體給我！」在這樣危急的情況，即便傑沒有禮貌地告知一聲，搶走她的身體來使用，她也會很心甘情願。

僅有瞬息的短暫時間，江侑希彈出身軀，飄浮在半空中。她看見傑使用自己的身體，不過幾秒鐘的時間，十根手指頭的指甲已經變得長又銳利，尖銳之處彷彿閃爍著寒光。

空氣變得霧茫茫一片，空氣和視線變得十分的糟糕，這些無色無味的氣體隨著呼吸吸入胸腔，不知道會給人體帶來什麼傷害。

早已鎖定蟲大將的傑二話不多說衝向掛滿戲服的衣架子，獸爪由上而下揮斬，唰的一聲，布料應聲裂開。

江侑希雖然惋惜那些戲服，不過更讓她擔心的是傑，不知道這些粉塵會對身體造成什麼傷害，再加上傑使用的是人類身體，不比雪狼強健壯碩的身軀擁有強大的爆發力。

一隻長著蝴蝶翅膀的人形蟲子從滿堆的布料中飛起，黑紅色的蝶翼快速搧動，身軀布滿各種蝴蝶顏色的紋路。當牠降落地面時，身高竟只有到腳踝的高度。

「人類女孩……不自量力，呵呵。送給王當作孵卵工具吧！」當蟲大將展開攻勢時，強硬而殘酷的壓迫感擴散四面八方。

「先過我這一關。」他向後翻躍，閃避蟲大將的攻擊，接著足尖點地，單手一撐，另一手則直掃蟲大將的面容。

江侑希在一旁乾著急，有時候想開口喊小心，但馬上就看見傑輕鬆躲過，冷汗爬滿背脊。沒想到蟲大將居然是個哈比人大小的人型蟲子。起先，她小看蟲大將的實力，直到牠頻頻閃避成功傑的攻擊，她才意識到對手很難纏。

光是那具哈比人的身體，快如閃電的躲藏與偷襲，已讓傑吃虧。

傑劇烈喘息著，即便這具人類身體很難施展完全的實力，但他是雪狼一族中實力最突出和頂尖的。

他定了定神，冷靜的眸光掠過斜後方，然後光速轉身，獸爪由上往下揮去，直接取了蟲大將的右手臂。

「嘶啊！」蟲大將面露痛苦按住斷掉的手臂，「妳不是這具身體的主人，你是誰？」

被傑砍下的蟲手落在江侑希的跟前，落在那之上的目光非常驚訝。江侑希忙不迭的向後退，藉由呼吸壓抑住內心的緊張。

「不用管我是誰，是敵人！」他凜然佇立，散發出令人膽寒的氣息。

「呵呵……」蟲大將發出低低的笑聲，「這一次，就讓你在睡夢中而死吧！」說罷，緩慢的搧動翅膀逐漸加快速度，振幅依稀可見一點一點白色的粉塵擴散空氣之中。

只見蟲大將試圖釋放更多的睡霧，傑線條優美的嘴唇抿成一條線，沒有半點縫隙，臉色比戰鬥

前更糟糕了。

江侑希雙手緊握，心裡不斷的暗罵自己。可惡，要是她也能幫上忙就好！

「哦？那就來試試看，看我如何替你築出墳墓。」傑眼角微微向上挑，透出一股輕鬆應對的威儀。

蟲大將露出一個危險的微笑，「沒想到在睡毒的氣體下，你居然還能動，不過……你的動作越來越緩慢囉！」

蟲大將左右閃避，而傑始終無法攻擊到對方，不由有些心急。不行，他得想個辦法，讓蟲大將鬆懈。

他朝佇立在一側的江侑希投去一眼。被傑認真肅穆的目光瞅著瞧，江侑希還沒反應過來，感覺到靈體飄起來朝身體飛去。

「相信我的承諾，定不會讓妳遇險。」

突如其來被丟回原來的身軀裡，江侑希一回神，就見到蟲大將揮舞著觸鬚，泛著尖銳的刺頭直撲臉面而來。

她趕緊側身在地上翻滾一圈，絲毫沒有空閒時間能夠喘一下，蟲大將的觸手再次迎面而來。

「哈哈哈，你的死期到了！」

「江侑希，交換！」傑正欲上前替換靈體時，就看見江侑希手放在口袋，似乎摸到一個東西，作勢拿出來──

「呀啊！！！！滾滾滾，噁心的蟲子！」江侑希一口氣從口袋拿出噴霧器，用力按下，雙手胡亂揮舞，逼得蟲大將無處可躲。

「啊啊啊啊！這、這是什麼?!好難受的味道！」蟲大將被燻得眼睛睜不開，搧動翅膀的速度變得十分緩慢。

眼見時機正確，傑奪過身體的主控權，指甲瞬間變得又長又銳利。他身子一個旋轉，獸爪隨手往蟲大將的頸子部位揮去。

然而這時蟲大將彷彿得知鬥不過少女，嘴裡伸出了一條長長的舌頭，沒想到個頭雖然矮小，舌頭卻比成蟲還要長，一下子就捲上來不及反應的少女脖子。

「唔！」喉頭被細滑濕潤的舌頭緊緊扼住。傑舉起銳爪扯斷舌頭。只聞蟲大將發出淒厲的叫聲後，蝶翅不再搧動，倒在地上一動也不動，沒有呼吸。

蟲大將的舌頭沒有帶劇毒，被纏上頂多被勒死，傑極快的斬斷舌頭，沒有對江侑希的身軀造成傷害。

慢慢看著蟲大將的身體化為塵埃，傑正準備從地上爬起來時，忽然沒有力氣支撐身體，猝然倒地。

「唔……啊……啊！」他低聲嘶吼著，靈體不受控制的脫離身軀，起先他以為是江侑希急著回到身體，可是只見她愣愣站在原地，小臉充滿驚愕。

「族長、族長！」

「您醒醒啊，族長！」

許多熟悉卻陌生的聲音猶如餘音環繞，一波又一波掠過他腦海。眼前視野不停晃動，他的視線根本無法焦距。傑按住胸口，覺得無法順暢呼吸。

是誰在他耳邊喊、他的族人在喊他回來?!

江侑希眼睜睜看著他倒地不起，靈體鑽出身軀，變得越來越淡。腦袋裡彷彿被炸彈轟炸，所有的思維空盪一片。下一秒，她回到原來的身軀，一睜開眼，她從地上爬起來，奔向傑倒地的地方。

「傑、傑！你不可以消失！」一股從心底蔓延的恐懼緊緊的扼住心臟，逼得她心慌意亂，嘶聲力竭地大吼。

「傑！」

「江……侑希。」他伸出手想觸碰女孩的面容，撫平攏起的雙眉，可是手指透明到視線能直接穿過，對上眼眶泛紅的眸子。

他想說不要擔心、不可以哭，可是沒有半點力氣可以訴說。沉重的眼皮慢慢闔上，帶走剩下的思緒，自己的名字被她喊得令人心碎。

「傑、傑！」

※※※

親眼目的他的靈體越變越淡，江侑希的心好像少了什麼，空蕩蕩的沒有任何東西填補。從小到大還沒有失去過珍惜的人，如今失去一位認識沒有很久的幽靈，那種空蕩的情緒就像失去至親。

那天晚上，江侑希渾渾噩噩把戲劇社整理好，已經割壞的戲服已經不能使用，她打算把這些戲服抱回宿舍，隔天和戲劇社的社員道歉。

至於昏迷的李伊婷先扛回宿舍，再聯絡家人。

這天晚上，消失的傑再也沒有出現。江侑希總覺得他沒有離開，依舊存在在這附近。

隔天一早，江侑希帶著失落的心情去學校，昨天晚上和蟲大將對戰，手臂不小心留下幾條細細

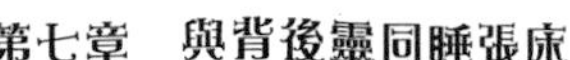

的傷口，雖然回宿舍後有先處理，可是怕留下疤痕，她最後還是去找專家處理。

江侑希靜靜坐在椅子上，讓保健室帥哥老師替自己清理傷口。

金髮保健室老師抬頭瞥了眼面無表情，似是在想事情，想得很認真，表情很嚴肅的女孩。

他眼底掠過一抹狡猾的笑意，拿著棉花棒的手，稍微用力戳了下她的傷口，只見女孩仍舊出神般的脫離這個世界。

「為什麼悶悶不樂的？」

江侑希回過神，對上金髮老師含笑的黑色眼睛，「我嗎？」

「不然這裡還有誰嗎？」他笑了笑，視線若有似無的掠過周圍，最後停留在江侑希的身後，視線剎那凝固。

江侑希捕捉到他古怪的眼神，倏地轉頭張望，難道是傑出現了嗎？沒有！她太過緊張了吧，音老師怎麼可能看得到傑。

注視著女孩的黑色眼睛劃過一絲紅光，他彷彿知道些什麼，嘴角勾起一道不易察覺的弧度。

江侑希嘆口氣，望著疾音，腦海迸出一個想法，「音老師，你曾經有失去過哪位重要的人嗎？」

人人都說保健室的疾音老師是位戀愛達人，任何戀愛問題的疑難雜症都有辦法藥到病除。江侑希本來不想和別人說的，可是只要看到疾音穩斂的態度，她覺得很安心，或許可以試試看，眾人口中的戀愛達人是否真的能解開心中的悶塞。

疾音很乾脆直接地說：「有。」

江侑希立即追問，「那和害怕失去過某人的心情是一樣的嗎？」

「一樣的呀。因為很喜歡對方，喜歡到用情很深，但又害怕受到重傷害，每一步走得小心翼翼，就怕一步錯了，會失去。」疾音扔掉棉花棒，從抽屜拿出一片乾淨、未拆封的紗布。

「我討厭失去很重要的人的心情，胸口好難受。所以我是很喜歡對方，喜歡到害怕這種感覺嗎？」

「那要問妳自己哦。」拆開紗布，疾音老練的邊說邊包紮好傷口，「既然妳都有這種感覺，也明白說出來給我聽，那麼答案很明顯。」

「喜歡……嗎？」江侑希喃喃自語，又像是說給自己聽，思緒飄忽不定。

她很在乎傑、在乎那位孤高、嘴巴壞，有時候又愛捉弄自己的雪狼。她也害怕他總有一天會消失，畢竟他是她的背後靈。只要回想起解決蟲大將的那天，他身影逐漸淡化的景象，心臟痛得揪起來。

原來她是那麼喜歡他，用情深刻到害怕失去他。

江侑希豁然開朗，心情登時輕鬆許多，可是伴隨而來更多的失落。

雖然蟲大將解決了，可是蟲王仍尚未解決，危險依然還在啊！她不想在看見看見他消失了！

疾音垂落的眼簾下，那雙變得鮮紅的眸子中，浮動許多未知的情緒。他抬起頭，聆聽她的心音時，感覺到還有一股神祕的呼吸、心音細碎地徘徊在這空間。

看來這世界除了他們這些外星人，還有特殊的生物存在呀！真有趣。

江侑希的聲音柔弱哀傷，「可是有點遲了，感覺遲了……」他消失了，明明感覺到就在附近，可是看不到！

「會嗎？」疾音摸了摸她的頭髮，迎上她惶惶不安的眼睛，「害怕失去，所以不敢去愛，等到

失去了，才明白喜歡上了。」

「可是……」就是現在太遲了！

他嘴角勾起一道淺弧，確切命中她內心的話，「遲不遲都在個人的決定。只要認為還有機會，那就是不遲。勇敢去愛，放手去喜歡。」

「哦……」她重複咀嚼疾音說的那句話，似是想深刻記錄到心中，「我明白了。謝謝音老師！」

疾音起身整理白色袍子，「不會，好歹進來保健室，要快快樂樂出去呀。」

江侑希開朗地笑著，不失時機送上奉承的話語，「真的很謝謝音老師，老師真的好聰明。改天我請你喝一瓶草莓養樂多。」

疾音不知想到誰，唇邊泛起柔情似水的笑容，「不用，會有人勤勞送來給我喝的。」

「老師幹嘛客氣！」不過江侑希自顧在板子下紀錄此次受傷的紀錄，與處理日期時間，根本沒有注意到疾音的表情，那是只有陷入戀愛的人才會出現的表情。

江侑希準備離開時，與一位棕髮女孩擦肩而過。印象中，曾看過不少次這位女孩來找疾音，每次肩上背著一大袋東西，手裡拿著一罐草莓養樂多。

就在她一腳已經跨出保健室的大門，聽見疾音在後面喚著，「江侑希，我跟妳說哦，對付一個害怕付出真心，害怕受傷的人，最好的辦法就是勇敢去追，把他逼到盡頭，無路可退。更直接的方法是撲上床！」

接著，後面響起棕髮女孩指責的聲音。「疾音、咳，音老師，你不要亂教學生怪怪的東西啦！」女孩揚聲說道：「別聽音老師亂說喔，他從其他學生那裡看過太多怪怪的少女漫畫了！」

片段。

「哈哈哈！總之謝謝老師，再見！」江侑希只是笑了笑，向兩人揮手，便轉身離去。

這天晚上，江侑希跑去校外租書店借了幾本少女漫畫來看，果真看到許多主動追求女孩的劇情片段。

不看還好，一看就臉紅心跳，腦袋開始胡思亂想，幻想床咚一隻幽靈是什麼情況。

如果傑真的回來的話，她該要這樣做嗎？她是女生耶，主動做這些動作好害羞！

這天傍晚，情況出現變化。當她從洗完澡回來後，就看見床上躺著一名狼耳青年，青面容蒼白，呼吸平穩，整體樣貌外觀仍和以前一樣，可是就是躺著一動也不動。

江侑希站在床鋪的階梯上，雙手抓住床柱，憂傷的目光一瞬不瞬盯著，深怕視線挪開了，人會再次消失不見。

她想要親眼看到他甦醒，她想做他睜開眼後，第一個看見的人。然而等了許久，等了一天、兩天、三天……依舊沒有等到傑甦醒。

直到第四天，江侑希站在床梯上，手裡捧著一杯泡麵，兩手肘直接穿過床邊木頭縫隙，恰恰好固定住身子，不會摔下去。

江侑希注視一會兒，青年纖長的睫毛輕輕抖動，緩緩掀開眼簾，尚未聚焦的碧綠色瞳孔彷彿沾了透明的露水，反射出瀅瀅光澤，清澈透亮。

江侑希沒按捺住激動的情緒，喜不自勝的喊道：「傑！」

青年還沒回過神，聽見旁邊有女孩子的聲音，聞聲將頭轉過一看，不由詫住，「妳在幹嘛？」

「我在等你起來呀。」她揚唇笑道，樂於歡迎他回歸，唇邊笑顏如花朵恣意綻放。

抬眸迎上泛著無限柔情與溫暖的目光，彼此糾纏在一起，他的心剎那咯噔一下，心臟忽然加快跳動。

「幹嘛等我。」

「因為我擔心你。」江侑希的話語平凡且真摯，單純表達出自己的想法，如此直接的表達敘述，讓傑心跳跳得更快了，簡直要衝破胸膛。

「所以你現在還好嗎？為什麼會消失？蟲大將有傷害到你哪裡嗎？」江侑希一口氣丟了好多問題給傑。

傑遲疑了下，搖頭道：「我沒事。」

「可是你都消失了，哪會沒事！」

聽見她爆發性的吼道，柔軟的聲音帶著似曾相似的憂慮，心神不禁劇烈一盪，登時說不出話來，胸口流淌一種深沉且強烈的感情，逐漸支配他的心智。

「我……那時候真的很擔心，現在還是很擔心，擔心到睡不著覺，這幾天看著你躺在床上，明明就有呼吸，可是遲遲沒有睜開眼，我不知道要怎麼辦，我不能跟別人說、無法跟別人求救！我的心好慌、好亂！我……」

傑情緒焦躁地打斷她的話，「好了，非常抱歉，讓妳擔心了。」他怕再聽下去，會忍不住想抱住她、安慰她。

可是這股不安的情緒籠罩江侑希多時。她覺得堵在胸口很難受，非得通通講出來，「我不知道你怎麼了，為什麼到這個時候還要瞞我，我真的不信你沒事！」

「江侑希。」這一次，傑喊了她的名字，顯然不想讓她繼續說下去。

她張了張口，眼裡有股不甘心。她咬住唇，用力把眼淚吸回去。

傑神色複雜地說了一句，「沒別的意思。我真的沒事，還沒跟妳解釋呢。來，上來。」說著他拍拍身邊的空位。

江侑希先是迷茫地瞪大眼睛，然後轉為驚愕，俏麗的臉龐像是染上薄薄的紅色染料，透出一種誘惑。

旁邊？躺在他旁邊嗎？好難為情啊！

他唇角揚起，忍不住揶揄道：「我睡著這幾天，難道妳晚上就沒有睡在床上嗎？」

江侑希吞口口水，心臟咚咚咚的激烈心跳聲聽得一清二楚。「我沒有。」

「妳那顆笨腦袋才騙不倒我。」沒睡床上，他才不相信！

「我真的沒有，我是趴在書桌睡的，不信你可以問伊婷。」

這一回，換傑的心跳咚咚跳不停，兩度快掉出胸腔。他注視著她，這才發現白皙的臉頰上有塊紅紅的痕跡，似乎是趴睡留下來的痕跡。

他眼神閃了閃，侷促地挪到一側，口氣冷硬的說：「總之，上來吧，面對面好談。」

「哦哦。」江侑希拿著泡麵杯，辛苦地把兩條手臂抽出來。先下床把泡麵放在書桌上，接著爬上床鋪。

明白很喜歡他後，江侑希面對傑的心情轉變很快。她緊張地坐在身邊。

「李伊婷去哪了？那天之後還好嗎？」

聽見傑率先問起朋友的狀況，江侑希有點沮喪，可是馬上覺得他還是很照顧李伊婷的，那天晚上打鬥時，時時注意蟲大將是否有偷襲李伊婷。

「晚上暫時回她家和爸媽一起吃飯。那天你消失後，我趕快收拾善後，把破掉的戲服帶回宿

舍，胡謅個理由向戲劇社社員道歉。」

「妳腦筋動得特別快。」他的語句聽不出來是褒還是貶。

很顯然的，江侑希把傑這句話當作褒，自賣自誇起來，「當然啊，破壞戲服的兇手是你，可是進入社辦只有我一人，我不機靈點行嗎？」

傑笑了笑不語，兩人頓時陷入一陣沉默。江侑希悄悄地揚起視線偷窺那張帥氣的側臉，心兒咚咚咚地跳動。

江侑希不由自主舔了舔乾澀的嘴唇，右手放在他左手旁邊，不敢有太超過的接觸。

「你還沒說你這幾天去哪了。」她的聲音有點悶悶不樂。

「我一直都在妳身邊，只是和蟲大將戰鬥時，聽見我族人在呼喚我。再加上使用妳的身體和蟲大將作戰，又因為睡霧，讓我力不從心，所以這幾天就休息了。」傑避重就輕地回答，頗有技巧的避開江侑希可能會死抓不放的問題。

靈體虛弱的這時間，他飄移在兩個空間，一個是克坦尼亞母星；另一個是這個世界，江侑希的附近，他想出現在她面前，告訴她沒有消失，可是有股神祕的引力拉扯他的靈體，耳邊徘徊族人們的聲音。

在虛空的世界中，那一刻明白一件事情——他的身體逐漸康復，遲早有一天會回到克坦尼亞母星。

有些真相說出來反而會讓江侑希更擔心害怕，他一直知道江侑希待自己存有一種愛慕的情緒，當他睜開眼時，她眼中的擔心、安心、愛意、臉紅，還有必須仔細感應的心跳聲，都傳達到他內心深處了。

「哦……」她似乎還存在一些質疑。

「不相信我？」傑留意她的表情，嘴角扯出一個鎮定的笑容，「我是不會害妳的，我會保──護妳。

江侑希蹙眉打斷了他的話，「我知道、知道非常清楚！你承諾過會保護我，你明白我焦慮的心情，更不會欺騙我。」她將手心放在他的手背上，保持拘謹的距離，沒有真正覆上那隻觸碰不到的手。

「我相信你的，永遠。」

他慢慢低下頭，用著無比認真的目光注視，江侑希向來對那雙綠色眼睛有著無法抗拒的喜歡。小鹿亂撞的心跳聲在靜默的空間清晰可聞。

「一覺醒來，真的發現妳變得更聰明，也讓我心慌慌。」

「啊？為什麼？」

傑挑逗般地眨了眨眼，「因為自作聰明的女孩很沒樂趣啊。」

江侑希氣惱的嘟起嘴，這時又聽見他說：「幾天沒見，妳變得更醜了。」

「喂，這樣關心一位擔心你擔心到要心痛死的人好嗎？」

傑笑了笑，只用一句話便捉弄了江侑希。「當然好啊，我只會對朋友吐槽，不是我在意的人，懶得理會。」

朋友？在意?!江侑希臉色微變，很快的刻意隱藏起來，可是還是被傑捕捉到。

他沉默地翻身躺在床上，雙手放在腹部，靜靜地望著天花板。

這個姿勢……好像漫畫中的姿勢，難道這是好時機？江侑希腦袋裡很多亂七八糟的線纏繞一

塊，無論解開哪一條，依然沒有明確的出路。

她困擾地嘆口氣，用著只有自己聽得到的聲音嘟囔，「為什麼要在這時候做出這種引人遐想的動作啦。」

他抬頭看了她一眼，「嗯？妳說什麼？我沒聽到。」

像被抓到小辮子，江侑希手忙腳亂地打模糊仗，「沒沒沒沒！」

傑懷疑的瞧了一眼。江侑希不禁鬆口氣，小聲地嘟囔，「耳朵那麼靈幹嘛……哇啊！」話一說完，一股重力從肩膀傳來，她整個人躺在床上，驚魂未定的瞪大眼睛。

碧綠色眼睛如水晶清澈，彷彿是一顆墜落的流星，瞬間打亮眼中的事物，她能清楚的看見倒映在瞳仁眼裡的自己。原來他眼中的自己，很明顯萌芽出情竇初開的愛情。

傑微微將臉湊向江侑希，目光直直對上她，「近一點，我沒聽到，妳剛說什麼？」

剎那間，目光凝固，彷彿這世界的時間和萬物都是靜止的狀態，唯有眼前的青年臉孔深深注入腦海，她的心跳陡地加快，依稀出現朝思暮想的幻覺，這個幻覺似是再一次看見眼前的青年是真實存在、能觸碰得到的。

腦袋變得空白，她結結巴巴發出不連貫的聲音，「呃呃呃，這個我……」

他的眼神裡明顯帶著笑意，「結巴小姐，妳是真的餓了嗎？去吧，把妳的泡麵吃完。」

那一聲去吧，含著太多的溫柔，如一縷縷的煙霧蠱惑著內心的情愫，在心中來回穿梭。

江侑希微微張開嘴，似乎有千言萬語想說，可是最後這些話卻化為內心深處的遲疑。

見江侑希遲遲不移動，傑略微揚起音節，「嗯？」

然後江侑希感覺到有股力量逼著自己起身。她驚呼一聲，「唉唷！你幹什麼啦。」

「都聽到肚子咕嚕咕嚕叫了，妳不覺得吵，我還覺得很吵。別忘了我跟妳用共一個身體，這具身體有什麼生理反應，我都知道。」

江侑希害羞的抱著肚子，吼真是的！幹嘛這時候破壞氣氛。

「晚點在吃啦！」

江侑希就是不肯下床，沒有別的原因，只是不想離開這份美好的獨處。能躺在他身邊聊天是件很好的事，至少他存在、還會和自己說話，罵人沒關係，只要他仍在她身邊就好。

為了避免被傑趕下床，江侑希趕快把話題帶開，「我們接下來該怎麼辦？蟲大將解決了，剩下蟲王。」

傑沉吟思忖了幾秒，「不用擔心，即使情況變得再糟糕，我會保護妳。」他定定地看著眼前的少女，「這個承諾，永遠不變。」

江侑希側身，手臂枕在頭下，凝視著傑，「我知道，我知道。」她話鋒一轉，「可是……我不想要你消失，非常不想。」

傑用豪放的語氣安撫江侑希不安的心，「我是誰，雪狼的老大，哪有那麼容易消失。」

「哈哈哈！」

這幾天等待傑的甦醒，她一直沒有好好睡上一覺，如今看見傑醒來了，一顆懸宕已久的心終於鬆口氣，疲憊的眼皮催促著她快去睡覺。

笑聲迴盪在宿舍室內，傑再也沒說話，而江侑希的眼皮越來越沉重，最後撐不下去。

墜入沉沉的睡眠前，江侑希仍努力再看傑一眼，就像他以實體躺在身邊，已經分不清楚現實還是虛幻。

她閉著眼睛，嘴裡囈語著，「傑，留在我身邊好嗎？」

日光燈淺淺籠罩著躺在床上的一男一女。不知不覺熟睡的女孩唇邊噙著淡淡的笑容，彷彿是做了個好夢，沉浸在難得的溫柔夢境中。

傑的手指沿著江侑希的臉龐滑過，從眉毛、眼睛、鼻樑依序游移，停留在線條優美的下巴，似是想捧住她的臉龐。他的手指隱隱顫抖，費了一番功夫才按捺住積聚在心裡的情感，沒有讓這些情愫從手指釋放出來。

現在的他很需要江侑希，沒有江侑希等於失去存活的氧氣，就因為氧氣的重要，遲遲沒有察覺到一個很重要的感情因子。那就是她已經超越一切，已經不是作為氧氣的必需品，而是喜歡的人。

如果沒有這次的意外，聽見族人的呼喚，內心渴望回到江侑希的身邊，卻又無法返回的焦慮與憂心，根本不會察覺到這份心意。

意識漂浮在虛空之間，他突然恐慌起來，如果沒有江侑希，就等於失去氧氣，回到母星的自己，只怕剩下空殼。

她改變他太多了，多到從習慣、生活、人生都脫離掌控。儘管那麼喜歡她，仍然存在很深很深的橫溝。

他在心裡默默訴說：對不起，我不是妳該喜歡的那個人。我沒有把握能夠放手去喜歡，而永遠不讓妳傷心難過。

與妳之間的距離，太過遙遠。

第八章　為保護而選擇守護

「小希、小希，起床囉！」

熟睡的傑感覺到有人在耳旁催促起床，是個很好聽、很開朗的女孩子聲音。好像在哪聽過？傑半夢半醒之際，肩膀被對方用力搖晃，猛地從睡夢中清醒。一張女孩子笑意盈盈的臉蛋映入眼簾，柔軟的黑色瀏海蓋在額頭上，典型的妹妹髮型讓她變得更可愛，可是傑覺得很錯愕。

他不是幽靈嗎？李伊婷是怎會看見自己的?!傑尚未弄清楚究竟是怎麼一回事情，李伊婷擰眉瞪眼地說，「快點起床，老樣子，我先去學校幫妳買早餐囉！」一說完，她揮揮手，轉身離開宿舍。

傑彷彿被雷劈到，渾身緊繃。李伊婷剛才喊他什麼？小希?!他立刻從床上彈起，手忙腳亂的摸了摸這具身體，突然，他手指一顫，指尖下柔軟且隆起的觸感令他驚愕。

這、這是?!

正當傑愣住，一道暴怒的女性聲音穿透耳膜，震得他萬分驚愕，「不要對我的身體亂來，色狼！」

江侑希那張白皙的臉龐一陣青一陣紅，嘴唇隱隱顫抖，目光先是惱怒的瞪著自己，又害羞地垂下眼。

傑立即鬆手，瞧了瞧江侑希，眸色明顯慌亂。他清清嗓子，語氣反常惡劣，為自己的行為辯解，「我一醒來發現居然在妳身體裡，當然會驚嚇過度！」

「說，這是怎麼一回事情？」昨晚江侑希明明就睡著了，過不了多久，他也跟著睡著，壓根不知道後來發生什麼事情。以往使用江侑希的身體，他會先告知一聲，再採取行動，可如今……

理直氣壯的江侑希開始心虛不看他，磨磨蹭蹭地說：「就、就是我看你太虛弱，所以就……」見傑要開口拒絕自己的好意，她馬上補了一句，「我自己也不知道怎會這樣，我一直想著，你那麼虛弱，一定需要身體，吃點正常的食物，補充能量！」

傑若有所思地盯著江侑希看，似乎想穿透內心，看得她頭皮發麻。

「唉唷，我是說真的啦，等我醒來就發現自己輕飄飄的了！」

傑很清楚，江侑希不會操控何時要交換靈魂，自然是相信她的話，只是……原來她意識深處竟想要為了自己好。

傑沉默不語，令人看不出任何情緒。

她的聲音打破他的思緒，「現在你去梳洗，快快快，要遲到了！」拚命的在耳邊叨叨念念。

傑無可奈何乖乖起床梳洗，整個人一身清爽回到房間後，又被催著去換校服。

「閉上眼睛換衣服！」

傑的面頰動了幾下，「江侑希，妳夠了。妳這點姿色我不會有任何遐想的。身體還妳，妳自己換。」開什麼玩笑，他是雪狼的族長，居然要替一個笨人類換衣服？

江侑希趕緊緩頰，「唉唷，我就是今天想借給你使用身體嘛！而且以前覺得靈體很讓人恐慌，現在覺得挺好玩的，輕飄飄的，上天入地，哈哈哈！」一邊說著，嬌小的靈體忽高忽低，像一隻活在水中的魚，自由自在的游玩。

「別亂說，什麼輕飄飄的很好玩，這種事情不要亂開玩笑！」低斥的聲音透出一種到此為止、別胡說八道的意味。

江侑希應聲乖巧的飄回傑的面前。他拿她沒辦法的嘆口氣，閉上眼睛，「我換就是了。」

這一天，傑代替江侑希使用這具身體。有很多東西是附身在江侑希身體後，不曾感覺到的，他以為已經瞭解這個世界，可是如今使用這具身體，深深感覺到還有很多新鮮新奇的事物。

他邊聆聽課堂老師的講解，細心的紀錄筆記。江侑希不知道飄去哪裡玩耍，可是每當下課時，她都會飄回來，和他說一堆學生們的小八卦、老師們間的暗鬥八卦、誰翹課抽菸、誰上課遲到爬牆進來，卻摔在教官的面前，當場以現行犯被逮回教官室。

她說得口沫橫飛、神采飛揚，讓人無法狠下心打斷。傑凝視著她飄逸的長髮、泛紅的臉頰，光線從窗外直射進來，就像個光彩四溢的天使，與周圍任何的人事物相比下，簡直黯然失色。

「小希，我們去學生餐廳！」美好的思緒也有停止的時刻。來人緊緊圈住他的手臂，用力將他拖離椅子。

傑扭頭一看，是李伊婷。他張口想開罵，可旋即意識到現在是用江侑希的身體，於是作罷。

李伊婷笑瞇瞇的往江侑希貼近幾分，女孩子的行為向來親密，摟手、牽手逛街都是常態。可是現在身體裡的是個男性靈魂，情況變得十分尷尬。

這軟軟的是什麼觸感？該不會是……?! 傑臉色驀地鐵青，被李伊婷摟住的手臂掙扎地想抽出來。

「要走了嗎？」夏文拓在教室門口看見兩人沒有移動的跡象，於是走過來關心。

傑一見到夏文拓，臉上隱藏不住對他的警惕與惱意。

夏文拓對上傑冷冷的視線，先是怔愣住，然後綻放出溫柔的笑容。

「小希妳還好嗎？怎麼不太高興呢？還再為那天戲服毀壞，被社長念一頓的事情生氣嗎？」

聽見夏文拓的話，傑頓時驚詫，原來在他靈體徘徊虛空之間時，江侑希為了收拾善後，竟然還被社長罵了一頓。

可是江侑希沒有把這件事情說出來，而是用輕鬆的態度應對。這個真相讓他心中泛起一抹苦澀。

「我沒事的啦！何況真的是我的錯，社長罵我也是應該的，再者，我才沒有那麼玻璃心呢！」

傑沒好氣地瞧了眼面帶微笑的江侑希，然後向夏文拓說道：「沒事，的確是我的錯，這部分會盡力補救的。」

夏文拓伸手揉了揉江侑希的頭髮，「那就好，我還以為妳悶悶不樂的呢！」

傑快如閃電握住夏文拓的手，眼神清冷，忽然淡淡笑了，緩和僵滯的氣氛，「昨天沒洗頭，還是不要汙染你的手。」

夏文拓唇邊的笑意明顯凝固，「是嗎？可是我不在意的，小希不論怎樣都好看。」

傑看著夏文拓的眼神裡明顯透出嫌惡，可是也沒有表現在行為舉止上。他略微揚了揚下顎，主動牽起李伊婷的手，扭頭而去，「走吧，伊婷。」

江侑希飄在一側，質疑傑說錯話了，「你幹嘛破壞我的形象，我有洗頭好不好！」

「妳有形象？哦，我知道是負責吃的形象。」傑掏了掏耳朵，心裡十分的爽快，能用實體的形式和夏文拓唇槍舌戰。他老早看不慣夏文拓觸碰江侑希、凝視江侑希。江侑希是他的！

「吼，傑！」江侑希嬌斥，可是一點威嚴都沒有。她氣呼呼的飄離身畔，一扭頭，就看見夏文拓注視傑的眼神充滿凌厲的寒意，已經不是那雙熟悉的黑色眼眸，而是鮮紅如血的魔魅瞳仁，美得

讓人惶恐不安，膽顫心驚。

這雙眼睛她死都認得，是蟲王的眼睛。那天故意關住地下室的大門，不讓他們逃脫的鮮紅色眼睛！

向來溫文爾雅的俊美的少年，在背後卻是陰暗沉鬱，漂亮的嘴唇彎出一個鬼魅弧度。

江侑希緊緊握住拳頭，難道已經晚了一步，夏文拓的主意識已經被蟲王吞噬了嗎？

※※※

一來到學生餐廳，傑立刻聽見江侑希氣不喘的開出一堆午餐清單，聽得他頭昏腦脹。

「我今天想吃牛肉麵、滷肉飯、蚵仔煎、擔仔麵、鵝肉飯，飲料是珍珠奶茶，飯後甜點是芒果鬆餅。」這些食物已經在她腦海存在多時，一一侃侃而談不是問題。

傑果斷地回絕，「不行，主食選一樣就好。」他人算好，保留飲料和甜點。

「主食一樣不夠啊，餓死了餓死了。」江侑希發揮不依不饒的精神，「小氣鬼、小氣狼、自私鬼、自私狼。」

傑越聽臉色越黑，「江侑希，妳說自己身體是我使用，那麼我食量沒那麼多，所有的決定全都在我身上。」

「可是那些食物好香，我本來規劃是，今天吃這幾道菜。你看看我的口袋裡有午餐規劃清單。」

傑從口袋拿出一張折過很多次的紙張，攤開一看，不免倒抽一口氣。這是什麼鬼清單，一天下來居然要吃三十種食物！

「誰娶了妳，就是準備敗光家產。」

江侑希壓根不在意是否會嫁人成功，反正還早的呢，現在才十七歲，正值花樣青春的年紀，代謝率高，有本錢吃遍美食。

忽然間，一股冰冷的視線令人芒刺在背，一股鹹酥雞和九層塔的味道從後面飄了過來。傑臉色凍結，壓低聲現說道：「暫時別跟我說話。似乎被蟲王發現了，妳我在談話。」

「誒，真的嗎?!」江侑希緊張起來，觀察周圍，「沒看到文拓啊。」

等到她一轉頭，傑已經買好了牛肉麵，端去和李伊婷一起吃。

「啊，傑……」江侑希開口想說還有其他食物，便看見傑轉頭，輕描淡寫地說：「噓，情況危急，請不要擅自和我說話。」

江侑希只覺得啞巴吃黃蓮，心裡淌血。

哪有人這樣的啦！！！！

午餐過後，江侑希因為沒有照著午餐清單上的規劃而悶悶不樂，在傑用完餐後，不曉得飛去哪裡玩了。

直到整日課堂全部結束，夕陽西下，傑獨自一人回到宿舍仍然沒有看見江侑希。

他累癱坐在書桌前，對於今日新奇的生活其實並不累人，反而覺得很有趣，真正累人的是，要扮演江侑希的角色，活生生一個男生居然要佯裝女生的說話口吻，丟臉死了！

「看來不能讓族人們知道，我裝扮過女生。」傑邊笑著，好奇拿起倒V字型放在桌上的讀物。

他默默閱讀裡面的黑白漫畫，裡面男的帥、女的美，搭配生動的對話劇情，以及……看到這兒，他皺起眉頭，快速翻過後面的漫畫。

奇怪，怎麼在這一頁貼上彩色標籤？傑撕起標籤，上面是用黑色原子筆書寫的「很棒>w<」、「重要♥♥♥♥」。

傑目瞪口呆地看著漫畫中的帥哥男主角對女主角做出一個很……很妨礙世俗的動作，他不知道該怎麼形容，腦袋裡面沒有半個恰當的詞彙能形容，覺得太大膽了些。

他臉一陣滾燙，驚嚇過度的把標籤貼回原位，心臟咚咚咚地跳到快跳出胸膛。

「什、什麼啊，她居然在看這種書？說我是色狼，她才是色女！」

傑總覺得心靈和眼睛都被汙染了，氣得把漫畫書摔在桌上。下一秒意識到自己的反應過度，於是小心翼翼的打開原先江侑希看過的那頁，倒V放在原來的地方。

「不好好讀書，看一堆怪怪的書。」

江侑希突然從窗戶穿進來，劈頭就是，「傑、傑！晚餐吃什麼？」

傑嚇了一跳，就怕被她發現偷看漫畫書。他冷冷地說：「妳可以再無知一點，玩完一整天回來，妳第一句話就說晚餐吃什麼！」應該說「我回來了」！虧他很擔心是否遇到危險了，還是被師父當作野鬼收起來。

「那不然我要說什麼？我沒有像蠟筆小新說你回來了，就不錯了吧！」

「妳說那位脫褲子小屁孩？」傑彎起唇角，難道這世界太多奇怪的卡通，才讓江侑希腦袋有問題嗎？

「哦哦哦，原來你也知道！」江侑希顯得很興奮，感覺找到志同道合，很想深入聊天。

「閃邊去，我不想聽。」傑丟個冷眼給江侑希，他才不想要紆尊降貴討論脫褲子小孩的卡通劇情，這有違族長的風範！

江侑希還想糾纏不停，手機響起悅耳的來電鈴聲。傑快速瞥一眼，完全沒有接電話的舉動，「夏文拓打來的。」

江侑希催促道：「接一下電話。」

傑嘆口氣，無奈地接起，口氣冷淡地說：「有什麼事情需要下課後還要透過電話講嗎？」

「小希。」夏文拓沒有因為江侑希的冷淡而改變溫柔的一面，「可以來宿舍嗎？我這邊有個好消息。」

「我——」累了。剛想這麼說，就看見江侑希氣鼓鼓的模樣，他遂然改口，「馬上來。」

掛上電話，傑指責江侑希一句，「他是蠱王，妳還一直要我去見他做什麼？而且我的力量還沒完全康復。」

「所以就要多觀察他，現在不是和他鬧翻的時刻。我很擔心文拓再也回不來了。我們要趕快解決蠱王，拯救文拓！」江侑希把今天中午用餐前看見的景象向傑說。聽完後的傑臉色更加沉鬱。

他沉聲道：「江侑希，到此為止，這件事情不要再主動插手，我會自己判斷時機，要出手時我就會出手。」

「可是……」江侑希還想開口說什麼，兩人已經來到宿舍一樓。夏文拓正坐在宿舍外面的石凳上。

夏文拓看見江侑希來了，起身走上前，把一張薄薄的資料夾遞出，「小希，這是剛出爐的劇本，一周後要進行學期年度考核。衣服的部分妳準備好了嗎？現在還差幾件能補救完畢？」

「不……」行。傑想開口這麼說，江侑希立刻使個眼色，逼得傑牽強轉彎，「不是不行，可是只有我一個人，負擔很重。」傑把話說得很重，今天以後，使用這具身體的會是江侑希，那麼多件戲服要讓她一人完成，想到就覺得心疼。

「那我來幫妳好了。」

聽見夏文拓要主動幫忙，傑立刻回絕，「不用！」可是此話一出，他馬上緩和語氣，「副社長面對表演即將到來，想必還有很多事情要忙。」

傑覺得這些話幾乎是咬緊牙關說出來的，他才懶得跟夏文拓多說一句話，只想趕緊走人。

「沒關係，我可以主動幫妳。」夏文拓視若無睹傑的不願意，兀自決定好。「那我明天早上會來。我猜除了我，伊婷也會幫妳的。那麼，就先這樣，我先走了，小希早點睡覺哦！」

夏文拓揉了揉江侑希的頭髮，惹得傑渾身起雞皮疙瘩，要不是江侑希在一旁阻止，他險些獸爪盡出，把夏文拓的手砍掉了。

江侑希盯著夏文拓慢慢走遠，「文拓的真正人格看似還沒被吞噬。」

傑見她目光完全不離夏文拓，冷聲道：「戲服都做不完了，還有時間欣賞蟲子的背影。」說罷，只見江侑希的身體被一股力量硬生生的轉向宿舍門口。

江侑希很驚訝，傑到底如何做到的？為什麼她變成背後靈，傑仍然有辦法操縱她的身體。

恐怕這些疑問會永遠石沉大海，傑即便解釋，江侑希也不會靈活自如使用雙靈魂共體的精神操作。

望著自己的身體揚長而去，江侑希趕緊追上去，「傑，為什麼我總覺得你醒來後，脾氣變得很暴躁？」

他扭頭，用著反問的方式表達出自己的不滿，「妳覺得我當一天的女生、被逼著穿裙子、被女生毛手毛腳會高興嗎？」

江侑希依然笑臉迎人，「可是有機會吃到熱食還不錯吧？」

傑的眼底略略浮動一抹遲疑。他的目光閃爍不定，最後垂下眼簾，低聲說道：「哼，你們人類的食物，真是難吃。」

可是江侑希並沒有生氣，也沒有直白的反駁傑。有時候訴說的話語不是內心真實的聲音，最真實的是實際的行動。

如果真的難吃，傑不會全部吃光，還吃得津津有味、回味無窮。他是為了她選擇清單裡面的食物，她也是為了他，刻意寫出這些食物清單，狼是肉食性動物，與其讓他吃一堆素食蔬菜，不如讓他吃最愛吃的食物。

江侑希靜靜飄在後面，臉上露出溫和的微笑。

※※※

鄰近學年度考核，江侑希每日都在趕工製作戲服，誰叫那天晚上要使用的戲服因為和蟲大將的打鬥中全部被破壞。

這些天，夏文拓每天早上都來女生宿舍報到，約好就在宿舍的大廳一樓趕工，有了李伊婷和夏文拓的幫忙，江侑希順利把戲服縫製完畢，身為幕後工作人員的她，只要等表演那天，負責協助後台管理就好。

戲劇社的學期年度考核以動物為主題，戲名為《狼與我》，劇情多著墨在動物與人類黑暗和悲傷一面。很久以前，某個大國的國王不停的濫殺森林的野狼，逼得狼群退到森林的深處，家園盡毀。狼群始終在想辦法進行反擊。有一天，國王的寶貝女兒出嫁到鄰近的國家，必須穿越狼群居住的森林才能順利抵達，於是狼群的王子決定搶奪這位公主。狼王子有著聰慧的智力，順利劫走公主，並和她生下一個女兒，狼王子很疼愛這個女兒，然而方出生的女兒被人類劫走，從此女兒便生活在國王的城堡，成為國王最疼愛的小公主，養成驕縱的性格。

小公主年幼時期，總聽國王提到森林的狼王子很殘暴，母親也因此被劫走，過著悲慘的生活。小公主長大後，決定要討伐狼王子。可是她發現母親過得很幸福，與狼王子父親相遇後，狼王子並沒有待她不好，甚至被他國的盜賊團挾持時，也是狼王子所救。

然而，根深蒂固的觀念讓她不相信狼王子，利用狼王子對她的信任與親情，相信國王的懸賞金額，在狼王子熟睡的時候砍掉他的頭顱，萬萬沒想到，狼王子並沒有熟睡，牠愧疚沒有陪伴在女兒身邊，沒有照顧女兒長大，如此慈愛的妥協，任由小公主提著狼王子的腦袋回去給國王領賞。

狼群失去領首，悲痛欲絕的退到他處森林，而小公主因為血統的不純正的理由，永遠放逐，不得入境。

從此以後，這片森林被砍伐殆盡。自古以森林作為屏障的敵國看見森林消失，出兵討伐，用了一天的時間滅掉國王的國家。

結合親情、溫情、人性黑暗一面的劇情深受學生的喜愛，戲劇社以往的劇情並非只採用輕鬆風格，而是藉由一些省思吸引大家的目光，讓社團越做越好，人氣越來越夯。

輕鬆的劇情多為讓人容易遺忘，深刻的悲劇雖讓人心情不佳，可是能永久留存在內心。

這個劇情讓同為狼的傑感同身受，在這個世界待上一段時間，可以發現很多人類都在濫墾森林、獵捕稀少的野獸。很久以前，他有一個族人誤入星玄來到這世界，被那座山的居民截斷雪白色的尾巴，從此雪狐傳說不脛而走。

他的思緒飄到遙遠的母星，舞台演員的高歌與對戲台詞彷彿隔絕開來，在這靜謐的空間裡，他的意識在虛空中游移，任由眼前那抹逐漸變亮的光點將他吞噬。

遠處的高山頂端終年覆蓋一層皚皚白雪，天空依然清澈湛亮，大自然的綠葉香味飄散空氣中，這是令人熟悉的家鄉景色，可是在這寒冷的家鄉，只有他與族人們，沒有江侑希的存在。

「族長，我們都在等您回來。」

「族長，您什麼時候才會醒來呢？」

「族長，家園已經整頓完畢，過世的都已安葬，受傷的也快醫好，可是唯獨族長您遲遲未醒。」

「族長，提特星球的大王子將要抵達，要與我們一起商議如何對付蟲族啊！只差您了！」

就差他嗎？眼前族人的身影如此清晰，他只要一伸手、往前走幾步便能與他們會合。不該讓他們繼續等下去……傑往前走幾步，伸長手，正要握住對方的手時，另一手被硬生生往後拉住，他困惑地轉頭，就見江侑希緊緊拽住自己的手。

「傑、傑！」

幻覺剎那破碎消失，傑回過神時，看見湊得很近很近的江侑希明顯有詫異。她的表情很擔憂，好像回到他消失的那天。眼中詫異在眼底稍縱即逝，取而代之的是鎮定。

「不要靠這麼近好嗎？妳那張醜臉會嚇死人的。」

江侑希只覺得有種害怕失去他的恐懼湧上心頭，所以從舞台的另一邊疾步衝到他面前，睜大眼睛看著。

「既然嚇人，你幹嘛一直盯著我看？」她極力安撫猶如暴風雨般的不安情緒，可是雙唇仍輕輕顫抖。

傑的眼神明顯滯了一瞬，旋即意識到自己失態，扭頭冷聲道：「妳一直看我，我不看妳看誰？」

「那是因為你走神很嚴重！仍在意故事內容嗎？」

傑看過劇本後，覺得這個故事寫得很好，可是不太認同狼王子的作法，覺得狼王子真的很笨！可是天下父母心，哪有父母不希望子女過得好。如果能讓女兒完成任務，得到國王的認同，狼王子願意付出生命答應的。

「我討厭狼王子，太溫柔、太善良，缺少一顆玄鐵般堅硬的心，這樣要如何領導狼群。」

「那是因為狼王子知道自己生命中最重要的人是誰，願意為她付出所有。你會這樣討厭，那是因為你還沒有遇過。」江侑希一點也不討厭狼王子，但也沒特別討厭哪個角色，每個角色之所以會做這項決定，一定有屬於個人不得以的原因。

傑陷入默然，江侑希的話不無道理，可是……他覺得已經遇到了。他可以發誓，願意付出生命保護江侑希。

「那如果是妳呢，會殺掉小公主，還是選擇自己死？」

江侑希唇邊綻放一個孩子般的笑容，「我不知道。可是如果重要的人受傷，我很想代替那人分擔一些痛苦吧，哈哈。」

突然，社員在後台入口招了招江侑希，「小希，妳在幹嘛？快來調整燈光，等等進入高潮戲了。」

江侑希趕忙閉上嘴巴，應該沒有被別人聽見吧？兩人沒有留意到暗紅色簾子後面靜靜佇立一位身材高挑的少年。少年那頭金色瀏海凌亂垂落額前。他身上穿著舞台劇狼王子的白衣，纖長的睫毛在眼瞼處投下一抹灰暗。

少年的眉頭緊緊蹙起，痛苦地用手壓著額頭，抹去額角沁出冷汗。

小希……好痛！他覺得自己意識不能控制，腦袋彷彿被人用鑽孔器不停的鑽動，有個聲音在腦海裡催眠著。

我要殺掉傑、殺掉那個雪狼一族；殺掉江侑希，讓雪狼族長失去寄居的身體！

夏文拓咬著牙關，眼中的黑色被凌厲的紅色光芒吞噬，身上迸發出屬於蟲族的味道。

人在舞台側邊調整燈光的江侑希鼻頭微微一動，低語，「好香，傑，我又聞到鹹酥雞和九層塔的味道了！」

傑瞇起眼睛，重新審視舞台的後方輪番上陣的社員們。而當他望去時，只看見夏文拓的白色背影。

那股濃郁的香味慢慢變淡，好似方才出現只是幻覺。

江侑希沒有時間理會香味是否變淡，看見社員的指示，她按下事先準備好的狼嚎的錄音帶，狼王子悲痛欲絕的嚎叫聲響遍整個小劇場。

傑皺起眉頭，品頭論足一番，「話說，我覺得這個聲音不夠痛徹心扉，而且也不像狼的叫聲，很難聽！」

「會嗎？我在網路上找很久耶。有時候Discovery會播放一些動物的節目，特別錄的。不然哪種聲音才叫狼叫聲，你叫兩聲聽聽。」

江侑希說的很流利，傑本能的張口剛喊了半個音節，便臉色鐵青的瞪著她，「嗷……咳！」

他綳起臉，怒目咬牙，「江侑希，妳想要被我上身嗎？」

「快來啊，上我身！」早想讓傑感受真實軀體生活的江侑希很樂意見到他使用自己的身體，二來還可以順便看到他裝作女孩子的模樣呢！

她變得越來越不害臊了耶！

學年度考核順利結束，戲劇社榮獲A等＋，社長決定舉辦兩天一夜的露營犒賞所有的社員，確切時間就在本周六和日。

「我我我，我要參加！」江侑希興奮地舉起手，高高地搖晃著，讓負責調查的夏文拓看見。

傑厲聲說道：「江侑希，不准參加！」

「我還怕小希妳不參加，我該用什麼理由讓妳改變主意呢。」

夏文拓胸有成竹地笑著，根本不像話中說的那樣很怕江侑希不參加，而是很確定會參加，就好像故意請君入甕，進入危險的陷阱裡。

直到社團散會，社員紛紛各自回到自己的寢室，江侑希依然當作沒看到傑。傑儘管惱怒，很想就地操控江侑希的身體，可是宿舍走廊有人在，很不方便。

趁著李伊婷去洗澡時，傑定固住她的身體，「江侑希！」

江侑希知道他要說什麼，要不准什麼。她也早已想好說詞，「蟲王是你的心頭大患，我知道你比任何人都還要想解決蟲王。這件事情我無法袖手旁觀。」

她心裡很明白，這已經不是因為義氣而協助，而是因為喜歡上這位孤僻又毒舌的雪狼青年。

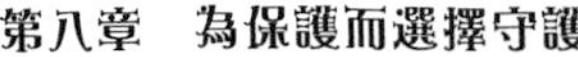

讀懂江侑希眼中的堅決與話語中的堅定，他頹然地垂下眼簾，妥協的做出最後的決定，「我明白了。」他話鋒一轉，語氣充滿鏗鏘有力，「但是沒有我的允許，不可以擅自行動！」

既然江侑希要選擇前往，那麼他絕對會默默守護在她身邊，誓言保護到底！在他離開之前，剷除所有的危險。

第九章　觸不到的喜歡之人

很快的迎來周休二日，所有社員皆期待的兩天一夜露營活動。這兩天天氣非常的炎熱，白天氣溫高達二十八度，入夜後的山區溫度卻降為二十度，若沒有做好保暖的措施，很容易感冒。

這是江侑希第一次參加戲劇社，戲劇社在學年度考核獲得最高分，雖然她翹掉半學期的社團課程、僅擔任幕後的跑腿小妹，可是付出很多心血，現在走在校園都很威風呢，很幸運自己能待在一個那麼強悍的社團。

從昨天晚上，她帶著興奮入睡，隔天渾身鬥志的爬起床，還不需要李伊婷的叫喚就自動自發起床了，這並不讓李伊婷很驚訝。

說到玩，江侑希自動自發的程度比鬧鐘還準時，說到上課，懶散的程度比鬧鐘還拖拍，需要別人三催四請。

江侑希與高采烈的背著後背包，和社員們搭乘公車前往隔壁鎮上的一座露營山區，然後再轉搭露營區特有的免費接駁公車。

一行人搭了十分鐘左右，最後停靠在終點站。江侑希跳下接駁車，閉上眼睛呼吸新鮮的空氣，果然還是大自然的空氣好。

夏文拓在山坡入口處揮了揮手，「我們還要往上爬喔，營區在上面！」

一行人拎起行李，跟著夏文拓的腳步緩慢走上去。

傑看江侑希背著鼓鼓的背包，吃力地爬上陡峭的山坡，好奇問道：「妳裡面裝了什麼？」

她一臉神祕兮兮地眨眨眼，「嘿嘿，是祕密法寶。」

傑想不通這有什麼好賣關子的，「該不會除了我說的那幾樣，妳還裝了有的沒的吧。」

自夏文拓宣布舉辦露營活動後，傑開始思考該帶一些對付蟲子的輔助物品，於是列出一些以前在母星對付蟲族的方法清單，讓江侑希去準備。

他明明列出的東西沒有那麼多，再加上她個人換洗衣物，怎會把背包塞到快要爆裂。難道裡面裝了那些不良讀物？想到之前看過的漫畫書內容，他的臉脹紅。

江侑希不懂傑話中的涵義，「你指的是什麼？」

「沒、沒有。」他頻頻吞口水，乾脆把頭扭開，總覺得臉很燙。

江侑希忽然鼻子動了動，幸福的嘆息喊道：「吼，誰偷偷帶鹹酥雞來吃啦，味道很香耶！」

走在前面的女社員轉頭看向江侑希，又瞧了瞧其他人，「誰？」

陸陸續續有社員開始左右張望，大口呼吸，「有嗎？是誰啊?!」

而也有人開始撇清，「不是我、不是我。」

李伊婷揉揉鼻子，確定自己沒有鼻塞，「沒有人帶啊，小希，妳是不是鼻子壞了，該不會肚子又餓了吧，產生幻覺哈哈哈！」

江侑希面色凝滯，嘴唇緊緊抿成一條線。

李伊婷從背包拿出包裝完好的燻雞貝果，「小希，這裡只有森林的味道。如果妳不介意，我的早餐給妳吃吧，我沒胃口。」

江侑希尷尬地接過，「謝、謝謝，我的確是肚子餓了，呵呵呵……」所有社員繼續往前走，江侑希拆開包裝，正好肚子餓了，乾脆填飽一下肚子。「傑，我又聞到蟲王的味道了。」

此時，前方有個社員的保溫瓶不小心掉在馬路一側的草皮上。他低咒罵聲好髒，抽幾張衛生紙擦掉保溫瓶上的泥巴。

那個顏色……？傑的目光倏地凝固，想起曾在那一天看見過。

「江侑希，妳還記不記得妳約夏文拓去買戲劇社道具材料時，他褲管和鞋子的泥巴，那泥巴顏色很奇怪，是紅褐色帶點暗綠色。」

「嗯，我記得，他說他去爬山。」

「妳也有聞到這座山有很濃烈的鹹酥雞和九層塔的味道。」傑摸著下巴，思緒飛快整理，「我猜我們來到蟲王的巢穴了。」

「誒？所以蟲王很有可能操控夏文拓的身體去藏住蟲王真正身軀的地方！」

傑斂了斂心神，「沒錯，摧毀蟲王的身體，或許夏文拓就能恢復原狀。不過聞到鹹酥雞的味道越來越多次，這也代表蟲王逐漸掌控夏文拓的人格。」

露營區內備有完善的衛浴設施、無線網路，男女廁所、戶外桌椅，更特別的是，露營區後面有一棟獨立式的屋子，是露營區租借老闆的工寮，裡面家具設備應有盡有，若想充電的可以到裡面充電。

露營區分為A區域，和B區域，兩者僅僅以斜坡上下區隔，左轉往上是A區，左轉往下斜坡則是B區，差別在於設備的多寡。

一行人選在一棵樹下開始搭帳篷，男孩子們讓女孩子去處理等會兒要吃的午餐，搭帳篷的工作就交給男生。

江侑希剪開冷凍食材的包裝，把結冰的肉片放到盆子裡面泡水，然後把沖洗過後的青椒做切片。一連串的動作很簡單，可是她的視線始終觀察夏文拓的動向。若蟲王的身體真的在這座山，夏文拓該會找時間去的，況且參加露營活動的社員有十五人，人一多，很容易失去目標。

「江侑希，小心妳的手！」忽然身邊響起傑的斥責，江侑希嚇了一跳，握著菜刀的手一時沒控制好力道，差點一刀切在手指頭上。

「哇啊！」青椒斷成兩片，江侑希冷汗直流，差一點手指頭就變成兩半了。

「切菜不要東張西望，我不要看到烤肉架上多一個斷指。」要不是他情急之下操控她的身體，恐怕那刀真的會劃過手指頭。

「我怕文拓偷偷摸摸溜走啊。」江侑希說著又轉頭尋找夏文拓的身影。只見目標人物正搭起帳篷，和社員們有說有笑。

「妳不需要留意這個，做好妳自己分內的事情就好。」夏文拓的事情他自己會注意。

不一會兒，一頂男生帳篷和兩頂女生帳篷搭起完畢，一頂帳篷能睡五人已經綽綽有餘，原本社長考慮只分別搭男和女各一個帳篷，但考慮到女生人數很多，無法拆成男女各睡一頂帳篷，於是多攜帶一頂帳篷，這樣也能讓女生睡得舒服。

夏文拓簡單在清單上做紀錄，不曉得和社長討論些什麼，只見他走到三頂帳篷的前面空地，向所有社員喊道：「我需要有人幫我的忙，和我去下面B區拿幾個水桶和免洗碗筷。」

「我我我，我願意！」江侑希一聽，激動地扔下菜刀，與磁磚碰撞發出清脆的聲音。

「江侑希，妳切妳的青椒！」他不是才剛說完不要擅自行動，真是的，行前才約法三章不得擅自決定，他說的話簡直是屁話！

江侑希迅速沖洗雙手，簡單的在衣服上抹一抹，「搞不好他要偷偷去蟲王身體隱藏的地點啊。這怎麼行，我要盯著！」

傑無奈地說：「妳冷靜一點。蟲王現在還沒有現出原形，我們著急也沒用。」

她趕緊跑回帳篷，拉出自己的背包，快速把防身武器塞進口袋內，「我很冷靜。何況只是跟著文拓，有這麼多人在，蟲王不會擅自行動吧？」

「未必。蟲子的思考邏輯和我們不一樣，他們心裡只有佔有、殺戮、搶奪，所以從別的星球洗劫完後，就像蝗蟲過境，凡所到星球的資源將會變成乾涸，進而成為宇宙中最危險的生物。」

「反正我都說我要去了。」江侑希抬起頭，朝傑拋了一記賊笑。她雙手插在口袋裡。

傑見狀不好再多說什麼，他內心是肯定江侑希的行動，必須好好盯住夏文拓的動態，只是……他不想要讓她涉險。

「讓小希幫忙很不好意思，妳的工作不是還沒做完嗎？」

江侑希沒跟夏文拓客氣，用哥們般的語氣說道：「哈哈哈，別這麼說，我們是好朋友不是嗎？」她揚起手，在夏文拓的左肩膀上一拍。

「唔。」夏文拓臉色瞬間慘白。他面露痛苦的摀住肩膀上的傷口。

江侑希詫異，「傷口還沒好嗎？」

「一直有再復原的，只不過……小希妳打得很用力。」

傑完全不相信夏文拓的鬼話，「哼，我倒不這麼認為，他的傷口一定沒有復原的跡象。妳剛才

那一記力道很輕，對男生不構成任何影響。」

在簡單的閒話家常的時候，已經來到B區的空地上。夏文拓指示江侑希該拿什麼，便去倉庫找幾個水桶。

江侑希翻開花盆底下，拿起藏在下面的鑰匙。這是租借場地時，老闆有和他們說明過，如果有需要其他物品，可以到屋子裡找找。

「妳去找筷子，我盯著夏文拓。」傑說了聲，讓江侑希別老是盯著外面。

她搬來一張椅子，踩上去，從櫥櫃裡面拿出幾包免洗筷子，還有一疊免洗紙碗。

等她抱著免洗餐具出來，只見夏文拓提著水桶站在養雞場的鐵網子前，

「原來這裡有養雞，是老闆為了提供給租借場的人宰來吃嗎？我覺得那隻肥雞不錯，煮起來鮮嫩多滋！」

「不是，這是老闆的嗜好。」夏文拓擦掉額頭上的汗珠，看見江侑希逗弄雞場裡的雞很開心，也沒有催促，讓她玩個一兩分鐘不成問題。

江侑希拍拍手心，「啾啾啾，快來我這裡。」

傑感到丟臉，「江侑希，妳可以再白癡一點，誰願意給妳宰來吃。」

「好熱。」夏文拓本想走到樹下避烈陽，可一看見樹上的蜂窩便打消念頭。

就在這時，夏文拓靜靜地注視垂掛在樹上的蜂窩，唇邊逸出意味不明的微笑，忽然瞬間移動到那棵樹下，把手裡的石頭射向蜂窩。

傑的視線始終盯住夏文拓，一見到夏文拓的舉動，他的心沉到谷底，揚聲大吼，「小心！」

咚！蜂窩掉落地面，瞬間飛出密密麻麻的蜜蜂，而在此一瞬間，夏文拓的身形快速移動到另外

一處，彷彿從未出現在那裡，等江侑希驚覺時，根本不會看到是誰做的。

「快走！」傑奪過身體自主權，全身細胞激發出雪狼一族特有的敏捷力，逃離蜜蜂的飛舞之處。

江侑希全身劇烈地顫抖起來，臉色發白地向後望去，收回視線時，只見夏文拓仍舊站在不遠處，是印象中原來的位置。

會是文拓做的嗎？可是移動速度怎麼那麼快?!

夏文拓裝作沒事般上前關心，「小希，妳沒事吧？」

「沒、沒事，幸好我發現得快。」江侑希深深吸口氣，拍撫胸口，真的差一點變成滿滿坑洞的蜂窩了。

「好危險，我們回去吧。」夏文拓見江侑希步履虛浮，於是主動牽起江侑希的手。她一驚，手抖得更厲害了，夏文拓低頭給予一抹溫柔的笑容。

「放心，現在真的沒事了。」

江侑希默默地閉上嘴巴。她並不是因為蜜蜂的暴動而害怕，而是被夏文拓牽起手的當下，蟲王那雙紅色眼睛與夏文拓的黑色眼睛重疊在一起。

江侑希有些不情願被夏文拓拉著手，可是現在的文拓看不出來是蟲王。

傑飛到她旁邊，主動要求要交換位置，卻被她拒絕。反正只有一段路，爬個坡就到了。

回到露營區，女孩子們都已經將食材清洗完畢，男孩子架好烤肉架，正專心生火。

江侑希虛脫般的倒在帳篷內，側目看向傑，「蜜蜂的事情是文拓做的對不對？」

「嗯，他移動的速度很快，恐怕蟲王又暫時取代夏文拓的人格。妳晚餐吃多一點，儲備體力。」

「不用你說我也會吃很多，快餓死了！」

「我有預感，夏文拓會選擇夜晚藏起蟲王身軀的地方。夜深人靜，自然成為最好隱藏的保護色。」

江侑希沉默點頭，然後翻身坐起，起身離開帳篷。總而言之，不論蟲王何時行動，現在首先要填飽肚子。

一群戲劇社社員彷彿壓抑很久，先是邊烤肉邊玩遊戲打賭，輸的人要吃掉所有烤焦的食物，而後用完午餐，在空地玩起丟水球的活動。

江侑希本來玩得很開心，但一見到夏文拓接近李伊婷。她馬上把水球往兩人丟去，故意打斷他們和樂融融的氣氛。

江侑希感到很抱歉，殘忍的破壞李伊婷和夏文拓之間的相處，可是蟲王一日不解決，她便無法視而不見。

直到晚上，夏文拓都沒有離開露營區，和其他社員們一起玩耍、聊天都很正常，依然是大家所熟悉的溫文爾雅的副社長。

負責煮晚餐的女孩子傍晚便開始忙碌，打算煮一大鍋的大雜鍋。江侑希光是處理生食，肚子餓得咕嚕咕嚕叫，帶來的零嘴下午全被吃光，甚至還吃掉幾包其他社員的餅乾。

晚餐熱騰騰的端上桌，江侑希一碗接著一碗，絲毫不客氣，接連被男社員戲稱大胃王。

到了睡前，男孩子與女孩子依序去浴室洗澡，仍然沒有發生任何異變。究竟夏文拓會不會半夜趁大家熟睡溜走，就端看幾個小時後了。

洗完澡的江侑希不敢睡著，一口接著一口拚命灌咖啡，多數人只認為江侑希又餓了，自然沒把她古怪的行為當作一回事。

入睡前，夏文拓揪了大家一起賞星星，並泡了一壺熱茶給所有人邊品茶邊賞月。江侑希正興高采烈的想倒一杯來喝，便被傑冷冷斥責。

「留點心眼，喝妳的咖啡就好。」

江侑希沮喪的放下紙杯，乖乖地回去喝咖啡。其實傑說的沒有錯，越是離睡前越近，越要留個心眼。

夜晚的山區空氣清淨，閃閃發光的星星高掛在夜幕，完全沒有半點烏雲遮住月亮，明月散發出令人炫目的光芒。

賞月持續一個小時左右，等到所有人睡著已是晚上十一點。山區的夜晚靜悄悄的，只有微弱的蟲子鳴叫聲音。江侑希從睡袋探出頭，巡視一圈與自己同帳篷的社員是否都睡了。

她小心翼翼地鑽出帳篷，躡手躡腳的掀開帳子的一角，露營區只有洗手台和靠近老闆工寮處才有幾盞路燈。戲劇社紮營之處只用隨身攜帶的油燈照亮外面的一切。

傑飄了過來，催促道：「快，我看到夏文拓溜出帳篷了。」

江侑希抓起藏在睡袋裡面的小包袱，快速掀帳離開。她拉起帽T的帽子，戴上透氣口罩，全副武裝。

「不用戴口罩，反正戴了被發現照樣認得出妳。」

「誒，有這麼明顯嗎？」這是她精心打扮的耶。

傑無力的扯了扯嘴角，指著她那雙美麗的眼睛。整個社團只有她一人擁有獨特顏色的眼睛。

江侑希馬上瞭然，暗自思忖是否下次戴上拋棄式隱形眼鏡。呸呸呸！才沒有下次，今夜一定要

解決蟲王！

夏文拓行走的速度和平常一樣，朝著A區洗手檯後方的竹子林走去，赫然見一條布滿雜草的小徑，小徑的石板路面年久失修，石板都翻起來了。

江侑希目光不離那具修長的背影，動落俐落的緊緊尾隨在後。這個時候，夏文拓忽然往下跳。她急忙追上去，卻不見人影。

傑蹲在地上細細觀察這裡的土壤，「我猜他往這裡走了。」

江侑希立刻打量夏文拓落地的地方，的確有個凹陷的鞋子形狀。一般人跳躍落地時，重力加速度會在軟的土壤留下痕跡。

江侑希起身，正準備左邊走去，身後響起傑輕悶的聲音，「唔。」

傑瞇起眼睛，眼前的視野左右搖晃，一時間，身體彷若羽毛飄揚飛起，有股神祕的能量想把他拉離女孩的身軀。

江侑希衝到青年面前，「傑！」青年的身上似乎暈染一層很薄的夜霧，在樹林陰翳的林子下，更顯得透明無色。

按住額頭的手指輕輕一顫，他驚愕地看著變得透明的手心，視線穿透過厚實的手掌，能清晰看到腳下那片紅褐色的土壤。

幾秒鐘的愕然，傑恢復鎮定的嗓音，「沒事。快、繼續走！」

江侑希完全不相信傑真的沒事。她雙手緊緊握著，不停的在心裡告訴自己：別慌別慌，現在要先找到文拓，沒錯，她要快點找到文拓！

江侑希轉身，先是爬下坡，拐進左邊的樹林，從這裡開始沒有規劃好的步道。

地面凹凸不平，她急切的想找到文拓，有很多次差一點被石頭絆倒，偶爾回頭看傑是否還在。為什麼、為什麼他會消失?!明明解決完蟲大將後，他的體力漸漸恢復原樣啊！

一抹黑色背影竄入眼底，江侑希煞住步子，「傑，我看到夏文拓了。他好像在搬移什麼東西，我再更近一點看……」話聲在視線迴轉、接觸到逐漸霧化的身形戛然而止。

青年靜靜的站在江侑希的後面，臉上露出的是從未有過的擔憂。他對著她無聲地說出：「小心腳下。」可是來不及提醒她，靈體變得越來越淡，他覺得思緒飄到那顆母星上、徘徊在虛空之間。

「傑！不要嚇我，你的身體怎麼會……呀啊！」江侑希的聲音帶著濃烈的哭腔。她奔上前，卻沒注意到底下的斜坡，整個人一歪，滾了下去。

身體撞上硬梆梆的石塊，渾身像散了架，痛得她趴在地上哀號。

兩隻白皙的手臂突兀地出現在眼皮子底下，男性的手掌扣住她的雙臂，「小希，妳還好嗎？這麼笨拙要如何跟蹤別人呢？」

腦袋劃過驚雷，江侑希腦袋一片空白，一定是幻聽、不可能是牠！絕對不能是牠！！！可是少年接下來的笑聲打破她的希望。

江侑希臉色慘白的將目光望向對方——映入眼簾的是熟悉兩年的英俊容貌，唇邊仍然是噙著猶如春水柔和的笑容，優美動聽的嗓音就像來自地獄深處的魔鬼。

「你不是夏文拓，你是誰?!」江侑希渾身猛打哆嗦，眼前熟悉的溫柔夏文拓已經不在，現在看著自己的是那雙紅色眼睛。

「哦？你說那位溫柔斯文的少年啊。」他的手輕柔地撫上她的臉頰，慢慢游移到脖子，突然用力掐住纖細的脖子，用力地扼住，幾乎不讓她呼吸到半點新鮮的空氣。

他的手指越收越緊，緊到江侑希的臉龐脹紅，眼神迷離，幾乎以為自己快死了。

這時，他的手稍微鬆一下，溫柔的詢問，「那位雪狼的族長就在這裡吧，快讓他出來見我。」

「我不知道、不知道！」江侑希崩潰地大吼，雙手試圖扳開那隻曾經溫柔牽住她的大手。

「江侑希，我看妳還不知道我最討厭什麼。我最討厭不聽我話之人，妳一個脆弱的人類，想和我們蝶蟲一族抗衡，別做夢了。」他的聲音很溫柔，就像在情人耳畔細語呢喃，可是手掌越收越緊……

「放、放手！」江侑希忍著快要窒息的痛苦，艱難地拔高音量怒吼，「他不在這裡，他消失了！」

她真的沒有看見他！如果傑在場，絕對不會任由蟲王掐住自己的脖子，企圖殺死自己！

「哦，是嗎？」蟲王手一鬆，江侑希跌倒在地上，連連咳了好幾聲，大口吸了許多空氣，覺得好像一瞬間活過來。

江侑希還沒有機會鬆口氣，連滾帶爬的逃離蟲王面前。砰！她被地上的不明物體狠狠絆了一跤，下巴直接撞上地面。

被敲到的地方很疼，可是她沒有時間流眼淚。剛站起想逃離時，眼前掠過一抹修長的身影，一雙染上些紅褐與暗綠液體的黑色球鞋印入眼簾。

江侑希心臟彷彿被凍結，怔怔地抬頭看向對方。少年笑得很美麗，左肩膀後驀地揚起一隻布滿蝶形圖紋的杏膚色手臂，一晃在眼皮子底下，觸手尖銳之處有一根寒光四溢的刀鋒。

紅色眼睛閃過一絲陰戾，他露齒笑出來，「我都還沒說開始玩呢，妳怎麼可以擅自逃跑。唔，如果教訓妳，或許雪狼族長會出現呢。」

彷彿認為自己的計畫很周詳，少年左肩那隻觸手已快速地劃過她的喉嚨，速度之快讓江侑希難以反應過來，幾乎是同一時間相似的擠壓感覺湧上腦海，怔愣之際，一束鮮紅色的血花綻放眼前，霎時模糊視野。

蟲王似乎很滿意自己的作為，「呵呵呵，反應好快啊。雪狼族長。」

江侑希聽見蟲王的低笑聲回過神。她發現自己飄在空中，衣服那片血花染上淡淡的暗綠色，而她的身軀正由傑掌控著。

傑藏不住碧綠眼眸裡併出的怒意，「不就是想逼我現身嗎？這種沒水準的要脅只有蝶蟲做得出來。」傑摸了幾下女孩的脖子，只感覺到一股熱意，說話之時，下顎隱隱作痛。

看來江侑希剛才短暫的幾分鐘被傷害很深。可惡！傑胸口充滿怒意，他抬起右手，指尖化為獸爪，可是就在要攻擊的前一秒，腦袋一陣暈眩，被蟲王鑽了空檔。

觸手迎面掃過女孩的臉龐。傑情急之下趕緊向後一跳，單膝在滿滿落葉的地面滑行一段距離。一旁的江侑希見狀，趕緊推開傑的靈體，進入身體裡。她從包袱拿出一瓶噴霧器，用力按下，大量朝蟲王噴射。

「該死！這個味道！」蟲王的眼睛被燻得睜不開，可是肩上的那隻觸手彷彿有眼睛，精準地鎖定江侑希的方位，直直迎面攻擊。

「去死！」食指和中指夾著一根金紅色的短箭，她使盡吃奶的力氣，用力扔向長長的觸手。

「啊！！！！」短箭衝擊力之大，穿透觸手的表殼、陷入肉裡。蟲王發出淒厲的嘶吼，觸手如狂風亂舞甩動，接著斷裂的部位仍在地上掙扎好一陣子，最後才停止。

江侑希趁機轉身拔腿狂奔。由於金紅色短箭的驚人效果，蟲王一時半刻只能讓女孩逃走。

淡淡的月光穿透茂密的枝葉，在少年的臉上落下深深的陰影，突顯嘴角那抹詭異至極的微笑。

「呵呵……逃啊、儘量的逃啊，狩獵遊戲就此開始唷！」

江侑希快速奔跑在繁茂的樹林裡，她分不清楚東南西北，只是一個勁兒的往前跑，跑到蟲王追不到的地方，最好再也不要被蟲王找著。

「江侑希，右邊有個洞穴，先去那邊。」

江侑希遲疑了下，調頭跑向傑指示的方位。這個洞穴不大、沒有很深。她喘著氣坐下休息，順手把包包扔到一旁。

不行，她要在這裡設下防護！江侑希立刻動作，打開包包，把裡面的所有物品都倒出來，拾起一枚戒指，按下某個按鈕，一束光從戒指中心的鑽石直射出來，洞穴入口立刻有一層浮動的透明光影覆蓋，這波波紋似是秋月倒映湖面，閃動點點光澤。

「妳這個東西哪來的？」傑很詫異，這個物品並不是他當時規劃的清單內，而且這世界的科技絕對無法生產出這項物品。

「出發前音老師塞給我的。我說我不需要，不會使用它，他還是一臉神祕說或許我會用得上。唉，結果真的用上了。」

「妳說那位保健室老師？」人人皆稱保健室的戀愛達人——疾音。

「嗯，它說這個可以讓外面的看見虛構的假像。意思就是說，我們看得到外面，但外面的人看不到裡面，會以為洞穴內沒有半個人。」雖然疾音是這樣說，不過她還是有點擔心，又從地上拿起一個造型奇特的磁吸器。

傑敢打賭，那位疾音絕對不是人類，而是來自一個高科技星球的外星人！

不過幸好有疾音的提供的道具，順利躲過蟲王的攻擊。

望著那片浮動光輝的透明虛擬光影，這一瞬間，彷彿世界都在震動，傑揉了揉暈眩的額角，心裡很清楚是靈體越來越虛弱。

「嗯，而且他還塞給我這個很像手機的東西。傑，你知道嗎？」江侑希從口袋抽出一台透明薄片面板，面板四邊度上金色的硬殼，不論如何按，這台手機就是沒有反應。

許久等不到青年的回應，江侑希困惑轉身，眼前的景象讓她震驚不已，手機摔在地上。

青年臉上帶著複雜的表情，面對淡化的身影罕見淡然。他的頭略微低垂，心底湧起沒有盡頭的酸楚。

江侑希不敢置信的一步、一步走到他面前，「傑、傑！告訴我，你的身體究竟怎麼了？」

他想挽起唇角笑一下，可是發現笑不出來，無法用輕鬆的態度面對江侑希。

「我能留在這裡的時間差不多了。」

她激動的想抱住他，兩手卻直接穿過透明的身軀，「為什麼？你要去哪？回去母星嗎?!」

「或許可能；或許不可能……」他的答案模稜兩可。即便聽見族人們呼喚，可是他怕永遠徘徊在虛空之間，連江侑希這邊也回不去。

「不能留在我身邊嗎？」江侑希覺得眼眶酸澀又疼，有熱熱的液體想滑出眼眶，「我很喜歡你、喜歡你喜歡不得了，我知道喜歡上一個沒有實體的人是很痛苦的，可是控制不了這份心情！」

他注視著她泛紅的眼睛，臉上閃過一抹痛楚，「不要這樣。不要為了留住我，哭得那麼傷心好嗎？」

她用手摸了摸酸澀的鼻子，「不然我能怎樣？我就是喜歡上你。」

傑抬手摸著快要心痛落淚的眼角，低聲說：「對不起，妳所想要的東西。擁抱、溫暖、牽手，甚至是保護，我沒有辦法給妳。」

江侑希聽了這句話，堅定的眼神略微鬆動，依舊用著不在乎卻心痛的目光看著傑。

哀傷沉默地在兩人雙目流動，此時任何一切情感就像是解不開的結，緊緊纏繞在一個很深很深的夢境。

江侑希難過的表情深深刺痛傑的心。

「我痛恨自己現在的樣子！」他再也按捺不住心底沉積已久的煩躁，一股腦兒爆發出來，「妳知道我看到妳脖子上那鮮明的指痕，多麼痛苦嗎？我多麼希望那一刻我不是靈體！口口聲聲說會保護妳，可是那時候卻沒能做到。」疼痛、失落、悔恨等各種情緒全都充斥心頭，他非常討厭自己，明明下定決心要保護她的，靈體的不安定卻讓她差點死去。

江侑希的瞳仁因他的話而震驚，這一刻終於澈底感受到他內心的煎熬。她張口想說話，說什麼都好，就是不忍心看見他情緒崩潰般的宣洩。

「妳還記得我說過的話嗎？重視一段感情的人，往往不敢去愛。因為害怕失去愛情，只好躲在沒有出口的空間徘徊。」傑似乎想忍住眼中的水霧，揚起下顎，望著上方，「沒錯，我很害怕，所以我寧願不要接受，抵死抗拒去喜歡上別人。妳想把我從迷失的空間拉出來。很抱歉，現在的我根本沒有資格擁有妳的感情。」

他說的很清楚、也很易懂。江侑希的表情已從驚訝轉變為空洞，顯然有把他的話聽進心裡。

江侑希臉上露出豁然的神情，雙手捧著臉龐，幽幽地嘆口長氣。

這一刻才發現原來很多事情，並不是只要努力就好，她能看得出來傑也有這份喜歡的心意，可

是唯有靈體與實體是不論做什麼努力都沒有效果的，更何況彼此之間還有一個很遠很遠、未知的宇宙距離……

與他距離很近，實際上距離很遙遠，那是個她永遠無法抵達的地方。

眼神逐漸清明的江侑希抬頭看向傑，眼中純淨溫和。她揚起下巴，望進那雙碧綠色的眼睛裡，眼底的每一絲情緒波動清晰可見。他是如此痛苦做出這項決定，她現在明白了。

「對不起，給你添麻煩了。我今晚所說的話，你就當作從來沒聽過。」

江侑希強迫自己轉身，雙目盯著洞穴外面，不想再去關注身後那位讓她心痛的雪狼青年。

他很痛苦，她不該在讓他傷神了。

傑低低喊聲她的名字，「江侑希……」

聽見他用壓抑的聲音喊著自己的名字，她感覺到眼睛裡的水霧更加明顯，心底湧起想要恣意流淚的衝動。

傑能清晰聽到自己悸動的心跳聲，這樣做對嗎？他已經分辨不出正確的方法，可是這種心跳聲音，是喜歡她的象徵。

他向眼前的女孩伸出手，內心產生一股衝動，想要緊緊的抱住她。只要在往前一步便能擁住她了。胸口忽然一陣劇痛，痛得他伸到一半的手只是重新放回身側，按捺住內心的衝動。

明明狠下心拒絕了，他的心為什麼那麼痛呢？

第十章　約定那天相逢勿忘

狹小的洞穴內響起某種器具轉動的聲音，像是螺旋槳在空氣中快速轉動的異響。

江侑希看著磁吸器快速旋轉運行著，正說明有個生物正接近這裡，而那名生物十分強悍，不完全受到磁吸器強烈的磁力黏住，而是徘徊在洞穴外掙扎著。

洞穴外面響起蟲王陰冷的聲音，「雪狼族長，我給你一個機會，現在立即走出洞穴，否則我就殺掉金髮少年。」那雙泛起森然寒光的紅色眼睛冷冷的閃現在繁茂的樹林間。

「是文拓！」江侑希心一慌，出於本能反應拔腿想往外走，立即被傑攔住。

「別冒失。」傑站在她面前，一手橫在她身前，「蟲王要的不過就是我的命，若我要出去，勢必得用妳的身體，那麼牠定會殺掉妳的，只要妳死了，我就沒有容身之地。」

「可惡！」這該怎麼辦才好？現在唯一的方法只有正面對決了！

他罕見地叫起小名，「小希。」

江侑希詫異地揚起視線，傑從來不這麼叫她的。對上他同時轉眸的目光，那雙美麗的眼睛裡明亮清朗，彷彿天空那些璀璨的亮光全都進入眼底。

「這或許是最後一戰了。不，我會讓它成為最後一戰，一起努力，好嗎？」傑向江侑希伸出手，攤開的手掌心像是給予某種信任。

「嗯！我們同心協力！」江侑希點點頭，將手心放在傑的手掌之上，那一瞬間，感覺到似曾相識的滾燙觸感，帶繭的手掌有著令人心安的力量。

江侑希關掉戒指的虛擬螢幕，把所有道具扔到包包內，並抽出幾根金紅色的短箭。

「音老師說這可以重創蟲族體內的內臟，我們可以把它當作暗器使用。」

她正要把神祕的高科技手機扔進包包內，卻發現螢幕居然亮了，畫面中有個金色的光點以一秒閃一下的速度，慢慢接近這裡。「誒？我以為這支手機是壞的。」

「疾音給的還不少。」

江侑希瞧了一會兒，也摸不清如何操作這支手機，索性扔進包包內。

「然後……」她拿出一枚銀色指環，帶在小拇指上，那枚戒指自動緊縮符合她小姆指的大小。

「這什麼用途？」傑靜靜的注視那枚銀色指環，指環上的圖騰好像在哪看過。

「不知道。音老師說可以隱形，點幾下就可以把視窗叫出來，可是我不知道怎麼用啊！」

他好像想起什麼了，之前有幾名穿著軍服隊伍來到母星，他們胸口別著一枚金黑色徽章，徽章上中央有兩片上揚的羽毛，下緣弧度是一塊向上的上弦月圖騰。

「S星球的星盟……」沒錯，這枚指環是疾音的，也就代表疾音是S星球的人！

江侑希沒聽清楚傑的話，「你說什麼？」

「妳沒有好奇過疾音的身分嗎？」這麼高科技的物品，他相信江侑希絕對沒有見過，但是為什麼她的反應很平靜？

「有，但是我覺得我好像免疫了……世界上有長著狼耳的背後靈，還怕沒有其他生物嗎？」

「不無道理。」傑看向她，「身體借我。」

江侑希立刻讓出身體的控制權給傑。傑活動筋骨，右手指尖瞬間變得又長又利。她急速奔出洞穴，空氣裡充滿濃烈的鹹酥雞與九層塔的味道。

忽然，一隻觸手從繁茂陰暗的林穿透出來，刀鋒般的前端迎面而來，沒有任何預警，直接開戰。蟲王衝出繁茂的樹林，蝶翅輕輕拍打著，細微睡霧隨著翅膀的拍打擴散至空氣中。

傑微歛氣息，不敢呼吸太多空氣，影響到江侑希身體的行動能力。

蟲王不知道飛去哪了，隱藏在暗色的林中。傑正凝神，只聽著樹葉沙沙作響。他猛地抬起頭，一片黑壓壓凶影迎面而下，五根手指頭夾著金紅色短箭快速射向黑壓壓的凶影。

爆發性十足的短箭換來了蟲王的慘叫。傑滿意的縱身向前一跳，舉起獸爪趁勝追擊。

傑一個迴旋，獸爪劃過蟲王的雙目，可惜蟲王羽翼搧動兩下，竟僥倖閃避而過，只擦劃而過牠的眼角而已。

蟲王的翅膀不停的拍打，一棵又一棵樹木應聲倒下，震得地面搖晃不止。

傑搶過江侑希的身體，急速奔跑於林間，閃過一棵又一棵的倒塌的樹木。

轟隆一聲，左側方與前側同時兩棵樹木應聲倒下，閃避不及的傑只好壓低身子，蹲下身軀，滑行進入一個小凹洞。

蟲王張口咬住橫倒在面前的樹幹，試圖透過強勁的雙顎咬合，咬斷阻擋在前面的障礙物。

傑吃力的往後退，只見蟲王尖銳的牙齒幾乎要咬斷樹幹。他心知不能坐以待斃，可是想不出除了徒手攻擊，還有什麼其他的方法。

「傑，交換！」耳邊響起江侑希的聲音，他不知道她做什麼，聽那聲音，似乎已有方法。

江侑希接收身體的主控權，從包包拿出一支約二十吋長通體黑紅，外層包裹金色絲絨，外型如長棍，中間有一個圓形的按鈕。

「來試試看這個棍子好不好用！」劍柄處位於中間三吋部位，上面刻著「刺棘」兩字。

江侑希揚起一抹「你死定了」的微笑，按下按鈕，長棍兩端頓時伸出尖銳的利器，利器是由無數的小刀組成，透過彈簧機關的設置，可以自由伸縮利器。

蟲王反應不及，應該說牠的牙齒卡在樹幹裡動彈不得。江侑希逮到機會，揮起刺棘直接捅進牠的嘴裡，用力割開口腔，並且斬斷了一棵利牙。

「嗷啊啊啊啊！」

哀號痛苦不止的蟲王直直衝入林中，江侑希追了上去，尖銳的樹葉在江侑希的身上割開一道道傷口，但她不以為懼。

「在那！」傑忽然高喊。江侑希立即舉起右手，把手裡的刺棘朝目標物投擲而去，可惜只截斷了翅膀的一小截。

林間的騷動忽然停止，靜悄悄的一片。傑使個眼色給江侑希，身體的主控權換上傑。

傑凝神觀察四周的動態，鹹酥雞和九層塔的味道仍然濃烈，也帶著血味。

「去哪了？」江侑希瞇起眼睛，可是林中太暗，除了濃烈的鹹酥雞和血味，很難捕捉到蟲王的身影。

眼角掠過一抹紅色光芒，傑倏地轉身，撞上那雙森寒冰冷的魔魅紅眸。

蟲王的目光穿透過繁茂的枝葉，靜靜看著兩人，沒有行動。這時樹林枝葉沙沙搖晃，一個被蛹殼包覆住的少年雙眸閉著，垂掛在一棵樹上。

「再上前一步，他會立刻斷氣！」

「文拓！」江侑希憤憤不平的想把這隻蟲子撕爛。

「透過左肩膀的傷口，植入蝶蟲的連接，進而控制夏文拓的人格。」傑似乎不意外，夏文拓左肩膀上的傷口復原太慢了，而恰好戲劇社表演的劇情裡面，又需要肩膀上有圖紋的印記，於是那枚蝶形圖紋順勢掩人耳目。

他把視線從文拓身上挪開，臉上高深莫測，令人看不出半點情緒波動。

「傑！」江侑希很想救夏文拓，可是沒有身體，傑也不出手，不知道現在是什麼情況。

傑摸著江侑希小姆指上的指環，指尖觸到某個凸起的按鈕，他忽然淺淺笑起，毫不遲疑地用力按下。

女孩的身體化作林中的暗色，與背景的色調相互呼應，深深的隱藏著。

傑抛給江侑希一個信任的眼神，然後急速衝上前，近距離的把金紅色短箭刺入蟲王的眼睛。

蟲王揚首怒吼，驚起林中群鳥振翅飛逃。牠張揚五爪的觸手掃過江侑希的右臂膀，卻揮了個空。

江侑希取得身體的控制權，趕緊用刺棘把懸掛在樹上昏迷的少年解救下來，把少年拖到不遠處，把手裡的指環摘下來，套在夏文拓的手指頭上。

傑不太認同江侑希把唯一能隱藏的指環套在夏文拓身上，可是蟲王聰慧，定會再拿夏文拓要脅。

江侑希知道傑擔憂什麼，她取出一根金紅色短箭，狠狠插入夏文拓左肩膀上的傷口，阻止蟲王在透過精神力操控少年的身體。

失去指環隱形庇護的江侑希曝露在蟲王視線範圍內。牠的觸手從暗林中飛躍而出，直搗江侑希沒有防備的背部。

「江侑希，小心！」傑大喊，想交換身體由他來擋下這波攻擊已慢了幾步。

好在江侑希反應極快的轉身，雙手握住刺棘用力砍向觸手的前端，截斷前端那頭尖銳的刀鋒。剎那間，大量的暗綠色血液噴灑而出。

「小心底下液體！這是毒液！」

江侑希驚得抬起右腳，眼見那液體滑動速度很快，她趕忙換抬起另一隻腳，雙腳靈活替換，跳離那詭異的血液。

傑奪過女孩的身體，飛快往後跳躍，沒留意到後方就是陡峭的斜坡，本是可以輕鬆站穩，可是蟲王的翅膀揮馳而來。

腳下踩空，傑由上而下直直滾下去。伏地的雙手想抓住東西，粗糙堅硬的觸感從手心傳來，他緊抓住石頭，穩住下滑的趨勢。

翅膀嗖的一下，蟲王飛離平地，鑽入黑黑的樹林中，再次隱匿在暗林中。

「應該先斬斷牠的翅膀的！」

「同感。」傑從地上爬起，簡單掃落髮上的落葉，「蝶蟲最剛硬的部位是翅膀，想斬斷恐怕得像切菜那樣。」

「肚子餓了沒？」他的雙目陰沉沉的留意四周，語氣卻罕見地開起玩笑。

「很餓、餓死了！」

「那就把蝶蟲的翅膀當作待煮的食物，用力砍吧。聽說很補的哦，可豐胸、豐臀、豐全身。」

江侑希聽了露出嘔吐狀，「我雖然愛吃，但沒有到饑不擇食。豐全身算了吧，我這樣很好！！！」

傑笑了笑，前方樹林騷動不止。他揚起獸爪時，林中也飛馳而出人形蝶蟲，面對面的互相廝殺。

兩人不知道互換幾次身體，傑的獸爪適合近距離攻擊、敏捷的行動力適合閃避，江侑希利用刺棘的攻擊則適合遠距離攻擊，彼此合作無間逼得蟲王節節敗退。

傑猛地襲擊蟲王的右側，下一秒左側卻傳來江侑希輕快的聲音。

「嘿，小心你的左邊！」趁著蝶蟲措手不及的空檔，她用力揮砍而下，左半邊的翅膀便被俐落切斷了。看不出來細細一根棍子武器居然有強大的殺傷力。

等到蝶蟲要保護左邊時，右側也遭受攻擊。

有了信心的江侑希繼續揮舞刺棘，把蝶蟲的翅膀當作食物快速揮下，砍成一片又一片的碎片。

這個時候，她聽見後方足音越來越清晰，足音只有一人，踏著穩健的步伐，嘴裡吹著口哨，而包包裡面響起緊促的滴噹滴噹聲音，似乎隨著那人越來越接近，聲音也越清晰。

江侑希正閃神之際，蝶蟲的另一隻觸手緊隨在後纏住她的身體，傑一回神，便看見江侑希被觸手緊緊纏住，手裡的刺棘掉在地上，沒有還手之力。

傑臉上閃過一抹殺氣，奪過身體，獸爪沿著觸手剖開一條巨大的傷口，接著用力擰斷蝶蟲的觸手。

傑向後跌坐在地，剛抬起眼，卻來不及閃開蟲王尖銳的牙齒。

這時，他耳朵微微一動，察覺到一股風壓從蟲王的側方疾馳而來，只聞砰的一聲，銀色光芒打在蟲王第二顆牙齒，應聲斷裂。

「這難纏的噁心蟲子真是陰魂不散呢。」

側方傳來優美動聽的嗓音，猶如冬日的太陽揮灑而下的溫暖，那人輕鬆地踏著平穩的步伐，臉上的笑容似是夏日的微風，帶來陣陣舒爽的涼意。

「還好嗎？唉，抱歉我來晚了，因為妳都不接我電話，害我尋著訊號找了一會兒。」

金髮男人站定在女孩面前，笑意吟吟地看著她。燦金色的頭髮在額頭隨風飄動，襯得那雙鮮紅色的眼眸如此清晰，彷彿有一片星輝在寶石裡波動不止。

傑碧綠色的瞳仁緊縮，雖與蟲王擁有一雙相似的瞳色，可是這男人渾身散發出來的氣息沒有半點殺機，唇邊的笑容也愈加明顯。

「江侑希？哦，不是，應該說是——」

「音老師小心！」

金髮男人話還沒說完，處於靈體狀態的江侑希驚聲大吼，可是聲音根本傳達不到疾音。

傑目光一凜，抓住金髮男人的衣襟用力往懷裡一扯，右腳高高抬起踹向蟲王的身體，然後順勢把金髮男人往地上按，輕鬆翻身跳起。

蟲王的眼睛早在剛才已經被金紅色短箭傷到，只剩下殘餘的視力，現在能嗅到人類，依賴的是鼻子。

他從包包裡面翻出薄荷噴霧器，朝蟲王的鼻子噴灑。

失去嗅覺功能的蝶蟲分辨不清楚傑的真正方位。雪狼擁有矯健敏捷的移動速度，即便蝶蟲想透過模糊的視線鎖定傑，已經是慢半拍了。

江侑希在一旁多次想伸出手幫忙傑，她發現傑的目光凌厲，彷彿受到什麼刺激，下手越來越狠。

可是不論如何支解、傷害蝶蟲的身體，蟲王仍殘存一口氣，抵死不願嚥下最一口氣。

「喂，狼族長！」疾音這時候手劃過胸前的徽章，丟出一把通體銀黑的改造式手槍，槍頭有著一根細長的迴紋。

江侑希用力眨眨眼，這把手槍是怎麼出現的？

疾音似乎沒有要出手的跡象，盤腿坐在一旁好整以暇的觀賞這齣戰鬥戲，「撿起手槍射穿蟲王的腦袋。」

他身上雖然帶來許多星盟的武器，全都藏在空間徽章內，不過趕到這裡時，恰巧出手協助一次，發現這兩人實在很厲害和勇敢。

光靠他給的刺棘、金箭、指環、一瓶噴霧器，以及和蟲王決一死戰的決心，便把蟲王解決的差不多了。

看來他小看雪狼一族和這位人類女孩。

現在這隻蝶蟲就快死了，缺少一記可以重創的攻擊，他僅僅提供武器就能幫很大的忙，又不需要出力。

傑多次想撿起手槍，都被蟲王擋下。剛才疾音那一聲喊話，想必被蟲王聽見。

耳朵真是礙事！傑這麼思考，和一旁的江侑希交換個眼神，下一秒她進入身體時，看見自己正攀在蟲王的背上，手裡正拿著薄荷噴霧器。

「噴死你！可惡的蟲子！」江侑希大概明白傑此時交換身體的用意。剛噴灑完薄荷香氣，雙手的臂力無法攀住蟲王，狠狠的甩向高空。

這個時候，又見傑即時的奪過身體，在空中優美的翻轉一圈，落地時向後滑行了一段距離，而那個位置剛好就是手槍的位置。

見識到兩人合作無間的默契，疾音微微一詫，旋即低聲笑出來，或許他今天不用趕來這裡，這兩人也會解決蟲王，只是掛在身上的傷，恐怕會很多……

傑拾起手槍，唇邊挑起一抹恰到好處的弧度，雙目鎖定蟲王的腦袋。然而下一秒，一陣暈眩襲上腦袋，感覺身體飄忽起來。漂浮在一旁的江侑希被拉扯到自己的身體旁邊。

糟糕，又要消失了！傑眼中閃過焦躁，而在這時，一隻白皙的小手覆在他拿槍的手上，他轉頭望進她那雙美麗的棕色眼睛，竟撫平了心中的焦躁不安。

傑讀懂她的眼神，向她微微點頭，然後扣下扳機——

一束銀色光芒從槍口激射而出，穿透蟲王的腦袋。蝶蟲還想再多做掙扎，惱怒的想抓碎女孩。江侑希再次被拉進自己的身體，幾乎看得見傑的靈體試圖鑽出身軀。她想幫忙，他卻搖搖頭說道：「我不想讓妳手上染上髒血。」

傑面色清冷，再次發射第二枚銀光。第二聲槍響驟響，直接穿透蟲王的額頭，只見牠瞬間斷了氣息，沉重的身軀向後一跌。

終於結束了。

江侑希回到自己的身體，鬆開握在手裡的手槍，心情很複雜，在和蟲王戰鬥的過程中，時間流逝的很快。蟲王一死，她覺得好像經歷一場很久很久的煎熬。

疾音走到蝶蟲的旁邊，看著蟲王身體化為一粒一粒的微小粒子飄散在空氣中，這回確定是真的死透了。

「江侑希，辛苦妳囉。」他走到女孩的面前，伸手摸了摸她的頭髮。

江侑希只是凝視著疾音，今天能順利打倒蟲王都要多虧疾音的武器，可是能有這些高科技武器，這說明他並非人類。

「謝謝音老師……」

為什麼她高興不起來？事情結束了、蟲王死了，可是……江侑希轉頭凝視面無表情的傑，青年的靈體變得越來越淡。

江侑希心底湧起強烈的酸楚，痛到她眼眶瞬間泛紅。可是她馬上別過臉，鎮定的擦拭眼角的水光。

「對不起，傑，我控制不了自己。」她不該在這時候讓傑難過傷神，笑著送他離開這世界吧。

疾音看向江侑希方才的目光位置，唇邊彎起一抹頗為神祕的笑弧。

「你們不用這麼感傷，只要星玄一日未消失，你們會有見面的機會。星玄這種自然現象，光在這座鎮上，一天就有可能出現一次，也有可能一個月都不會出現。自然現象必定不會消失，也絕對不會有任何科技能夠消除星玄。」

「真的嗎？」江侑希聞言抬起頭，疾音的話就像是注入強心劑。

疾音依舊噙著捉摸不清的微笑。雖然看不到這位叫傑的雪狼青年，可是他相信傑的表情一定變了。

只要擁有一點希望，人類或非人類，定會在心底深處留下一處名為希望的專屬空間。

疾音的話無疑給江侑希在心裡鑄造出堅韌的希望。她用力的眨眼，眼淚正好沾在睫毛上，隨著睫毛的顫動滲入了眼眶，順著臉頰滑落。

「傑，我不在乎，我想要的就是能看見你。」她深深地凝視著傑，主動上前抱住他，然後溫順地將頭靠在他的懷裡，「或許我們之後再也無法見面，可是我會努力去尋找，總有一天，我相信我的努力可以實現的。」

這個懷抱是屬於她的，未來的某一天會成功感受到他炙熱的體溫，觸摸到他毛茸茸的狼耳朵、牽起他的手、看著他食用熱騰騰的食物。

當傑回過神時，已經自然的抱住她。

疾音的話是如此充滿誘惑，星玄出沒不定，也很有可能那個區域不再出現，可是江侑希仍舊懷抱一絲希望。

她沒有放棄，他就不該放棄。腦海裡浮現江侑希在洞穴裡，忍痛接受他的拒絕。其實那時候望著她的背影，已經很後悔說出口的話了。

這一次，他不想再錯過她。他想抓住這隻手，離開迷失的空間。

只要有她在身邊……微小的希望又怎樣，總比沒希望好！

他的手拂過她額前凌亂的髮絲，卻直接穿透而過。這一瞬間，柔軟的觸感搔癢著他的肌膚，這種感覺深刻的感覺到了。

江侑希抬起頭，看到傑的瞳孔裡折射出一種欣喜與期盼的光彩，就知道他感受到了。

傑俯身，透過意念舉起她的手，在手心裡落下猶如絨毛柔軟輕飄的一吻。

「江侑希……等我，我會嘗試過所有的方法，以原來的樣貌重新回到妳身邊！」

這句誓言宣告他這輩子的決心，會持續找到相見的那一天。

「嗯，那就一言為定！」江侑希大聲點了下頭，內心充滿踏實感覺，期待總有一天，他會以實體的型態出現在面前，而不是以靈體現身。

傑眼中的笑意如流水般溢出來，他可以感覺到自己的意識逐漸陷入虛空之中，直到再也看不到江侑希、離她越來越遠……

江侑希目不轉睛地望著他的身影漸漸消失，睜大眼睛，絲毫不放過一絲，就好像要把他的臉孔

深深刻入心裡，心中因離別而椎心的疼痛隨著他的消失淡淡的流淌之中。

在青年身形剩下最後一抹顏色，江侑希接連說好多個等你，放手地大喊：「傑，我會等你、等你、等你，一直等到你來找我！我也會一直想辦法找你、永遠不會放棄！我們約定好了哦，勿忘！」

傑感覺到自己的意識在虛空之間飄蕩著，沒有一直徘徊在此地，而是急速降落，下一秒靈體受到擠壓，完完全全貼合在身軀裡。

耳邊響起河水滑動的聲音，還有輕聲細語聊天的聲音。傑茫然地睜開眼睛，自己已經躺在床上，夜空依然是清朗月圓，空氣中飄起淡淡的霧氣，飄渺如紗，還有一股熟悉的清新草味。星空底下是一片綠油油的草原，大自然的景色宣示著已經回到母星了。

他回來了……

一個綁著麻花辮子的女孩湊到傑面前，頭頂那對狼耳朵興奮的抖動，「族長，您終於醒了！」女孩看見傑皺起眉頭，扯開大嗓門吼了那群在圓桌爭論不休的族人，「別吵了別吵了，現在族長醒了，我們就把決定權交給族長。」

「什麼？族長醒了！」

一夥人聽見女孩的話，立刻如蝗蟲過境般，衝向床邊。

「族長，您終於醒了，我等您等的好苦啊，您看您看，我的頭髮都白了！」其中一個稍微有年紀的狼中年男子可憐兮兮抓著頭髮，欣喜到眼淚流不停。

「族長，過兩天提特星球的大王子要光臨我們星球，讓長老迎接去可以嗎？因為現在族長您臥病在床，恐怕不適合親自迎接。」一個穿著狼族服飾的年輕幕僚恭敬地在一旁詢問。

另一個穿著狼族服飾的年輕幕僚拿著一張沙草紙，開始侃侃講起，「族長，關於提特王子的設宴食材清單，我們考慮用烤乳豬。」

「呸，烤乳豬哪適合尊貴無比的提特大王子。」

「烤乳豬是我們雪狼族祭祀用的神聖食物，族長剛出生就是吃烤乳豬長大的！」

「對嘛對嘛，你的意思是說我們族長比不上高高在上的提特大王子囉？」

其他三位幕僚嫌棄的回絕這個主意，你一言我一句開始爭論不休。

麻花辮女孩受不了的大吼，「通通安靜，不要吵啦！」

此時，一個中年男子鑽出人群，擠到床邊，手裡抱著一個剛出生的小嬰孩，嬰孩頭上有一對小小的粉紅色狼耳，「族長族長，我老婆剛生了一個孩子，是男生。可是不知道要取什麼名字才好，不如族長您來取吧，族長取的名字都好聽！」

麻花辮女孩正要開口罵人，傑舉起手，無奈地笑了笑，「頭好痛，讓我休息一下。」

為什麼他離開這段期間，族人們還是一點長進都沒有，什麼事情都要問他。不過……好久沒有聽到這群人的聲音了，好懷念啊。

傑索性翻身，不再理會這群人。

幕僚們心疼族長，一群人無聲無息地離開，留給族長一個安靜的休息環境。

傑掀開眼簾，嘆口氣翻身坐起，他撫過頭頂那對真實的狼耳朵，指尖慢慢的滑過銀藍色頭髮、額頭、眼角、有些哀傷的唇角，最後停留下心臟的位置。

「傑，我會等你！永遠不會放棄！」

江侑希那句話深深烙在心裡。

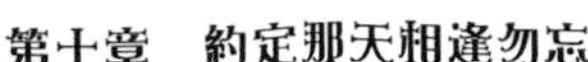

剛回到母星，他已經思念起那位嬌俏可人的女孩，腦海裡那張俏麗的臉龐、線條優美的輪廓、如嬰兒般柔嫩的臉頰、綻放在淺粉色嘴唇的花朵般笑容，一點一點的使他心神混亂。

放在胸口的手緊緊抓住衣服，傑似是下定決心，起身走出房間。

他不會放棄、不會坐在這裡乾巴巴等待星玄降臨。他要去尋找！

尾聲　養了一隻狼男友

安靜的保健室內，只有指尖敲打在鍵盤上的清脆答答聲響。電腦桌前坐著一位金髮男人，他正專注的把手邊的資料敲打進電腦裡，就在要按下Enter鍵時，門外響起急促的足音，由遠而近，最後停在保健室的門口。

「音、老、師～」人還沒推開門，就先聽到女孩子那悅耳動聽的聲音，嬌滴滴的聲音彷彿能讓男人融化全身的骨頭。

「纏人精又來了。你到底哪時候要跟江侑希說已經有人準備開啟星玄帶那位雪狼族長來？」

「這是祕密。」

「音、老、師～」走廊又再次響起女孩子嬌滴滴的呼喊聲音。

坐在電腦桌一側的紅髮男生含著棒棒糖抬起頭，只見那擁有嬌滴滴聲音的女孩推門而入。女孩長得非常標緻，淺眉彎彎、肌膚淨白、嘴角時常挽起笑弧，嘴唇塗抹淡粉色的唇膏，清雅中糅合了嬌媚的氣質。

「音老師，這些請你喝！」江侑希拎著一袋裡面裝著滿滿的草莓系列牛奶、優酪乳、優格、養樂多、山楂茶、奶昔等等。

疾音似乎一點也不意外，他雙手托著下顎，也沒有拿起袋子裡的草莓飲料，而是挑著眉看著江

侑希。

紅髮男生抽出棒棒糖，然後驕傲的向江侑希揚了揚下巴，「賄賂沒有用啦，疾音才不吃這套，他只聽我的！」

江侑希馬上變了臉色，朝紅髮男生慢慢逼近，「言荊同學，你再不閉嘴，我就親你喔！」說著嘟起嘴，一副要強吻似的。

「走、走走走開！」言荊大驚失色，逃難似的奔向疾音的背後，咬牙切齒的瞪著江侑希。

說來奇怪，自從更清楚知道疾音是S星球的機械外星人後，以為整間學校只有疾音一人，沒想到還有一個內心不知道幾歲的老男人、外表只有高中生年紀的美少年當起本校學生。

有部動漫是說，外表看似小孩，智慧卻過於常人的……對於言荊來說，只有四肢過於常人吧。

言荊四肢發達、運動一極棒、身材一極棒、顏值一極棒，可是桃花卻是稀少得可憐。

不不不、顏值最棒的是她一直等待的雪狼一族族長——傑！

「真是受夠了，為什麼我們認識的女生都那麼怪裡怪氣?!」先是白淵的呆呆女朋友、疾音的怪力女朋友，還有提特大王子的強悍女朋友！！！

江侑希逗弄言荊逗上癮，朝他拋了一記媚眼，「是你太怪吧，一個大男人居然怕女孩子。」

疾音似乎很樂衷於言荊被女孩子欺負，完全沒有出手解圍的意思。「這就是小言荊可愛的地方呀。」他伸手捏了捏言荊的臉頰，嘴型無聲說了句，乖。

言荊面色脹紅，耍小脾氣的坐在疾音辦公椅後面。

疾音笑了笑，重新把目光放在江侑希身上，「現在不是放暑假嗎？」

「嘿嘿，真不好意思。我是來上重補修的！」說來難看，別人都去放暑假了，她因為數學科目

不及格，只好來上重補修。

「妳那位同寢室的朋友沒有在期末考幫妳嗎？」一般來說，除非是太混的學生容易被當，否則靠朋友幫忙，不至於會被當掉科目。

江侑希說到這個就有很多氣還沒宣洩完畢，「吼別提了，李伊婷見色忘友，從戲劇社露營回來後，她和夏文拓感情超好，每天都一起看書，有夏文拓那位資優生，躺著寫考卷都會過！」

自從蟲王事件解決後，夏文拓恢復正常，沒有留下後遺症，唯一的缺憾就是左邊肩膀多了一道疤痕，甦醒的他完全不記得發生什麼事情，有時候被蟲王掌控人格意識時，他覺得很累，搞不清楚究竟自己有沒有遺忘掉某些記憶，後來他不再多想，很快忘記這件事情了。

江侑希很慶幸夏文拓沒有緊抓著那些不屬於他記憶的事情不放，很慶幸露營那天晚上他什麼都不記得，以為自己睡在帳篷內，做了一個蟲子大戰狼族的夢境。

那天蟲王給所有戲劇社社員喝的茶裡面添加安眠藥，裡面還含著一點點的睡霧粒子，所以他們和蟲王戰鬥驚天動地，這些人依然睡得很熟。

幸好社員們都睡得很沉，否則看見一隻人形蟲子肯定會造成混亂。

言荊從辦公椅後面露出一雙紫色眼睛，陰晴不定的看著江侑希，「明明是妳自己不讀書，怪朋友見色忘友。」

江侑希雙手插腰，「嗯哼哼，言荊同學早上不來上重補修課，你想被二次當掉嗎？」重補修的課程是整合所有班級，共同開的課程，所以江侑希和言荊即便不同班級，也會在重補修同班。

「你早上有課？」疾音顯然很驚訝，惋惜地嘆口氣，「怎麼不早點跟我說呢，這樣我就不會從昨晚扣住你不放了。」

哦哦哦，有曖昧、有姦情！江侑希嗅到一絲祕密的味道，嘿嘿嘿的笑著。

覷見江侑希那賊賊的笑容，言荊並沒有看出來，反而驕傲的揚了揚下顎，「妳那什麼眼神，我們是感情好，怎樣，羨慕嗎？」

「羨慕啊，朋友跑去找男朋友、你又不來上重補修課，都找不到好玩的人聊天，我們家的傑還沒回來……唉。」江侑希拉了張椅子，邊嘆口氣坐下，然後把玩著掛在脖子上的小狼吊飾。

好懷念以前傑幫她做筆記，他做的筆記就算不看書，考卷也寫得出來，比記憶吐司還要厲害呢！

言荊臉暗暗紅了，沒想到江侑希居然那麼想要自己去上重補修課，那明天是不是該去上課，讓老師點點名？

「你說那隻小狼狗？」

小狼狗這詞感覺貶低傑高高在上的身分，好歹是雪狼的族長。江侑希忍不住替心目中的戀人辯護，「他是雪狼、雪狼，強悍的呢！哪是什麼小狼狗。我不想理你了！」

她轉頭問道，聲音馬上變得溫柔又輕聲細語，「音老師，最近有沒有哪個地方會出現星玄呢？」

從傑離開後，她三不五時四處晃，尋找星玄，雖然有星玄的出現，也未必連上傑所在的母星，有些星玄連上的地方很危險，所以疾音要她不要擅自行動，他這裡有認識熟悉星玄的朋友，可以幫忙多留意。

疾音露出一抹神祕的笑容，沒有正面回答她。「時機到了，自然會出現。上了整天課很累吧，先回宿舍休息？」

江侑希失落的垂下頭，還以為有好消息。她很想直接詢問疾音認識的那位熟悉星玄的朋友，可是他沒有要介紹給自己的意思，只是說時機未到。

「好啦好啦。我要先去還漫畫了。」江侑希洩氣的噘著嘴，順手拿起一瓶要送給疾音喝的草莓養樂多。「今天沒有收穫，一瓶我就拿走囉！」她揮揮手，轉身就要離開。

言荊叫住江侑希，「喂，大胃王！我明天會去上課。」

「你來不來都沒差啦。來也不會坐在我旁邊的位置跟我聊天啊，只會耍自閉坐在靠角角的位置。嘖嘖！」江侑希沒有把言荊的話放在心上，兀自推開保健室的大門離開了。

言荊小聲地的嘀咕，「那是因為重補修的女生很多啊……」他一收回視線，看見疾音似笑非笑凝視著自己。

「確定會去上課？」疾音伸手拉住言荊制服上的領帶，稍稍使力拉向自己。他近距離的望入言荊那雙紫色眼睛，低語，「你再不去上課，我就要教訓你囉！」

言荊苦笑，自然知道疾音說真的，何況他們在地球有任務在身呢……

江侑希先回宿舍換掉制服，拎著裝著漫畫書的袋子，慢慢走出校園。

夏天的夕陽仍帶著白日的熾熱的餘溫，晚霞瑰麗的光芒染紅扶搖直上的街道，熱熱的風罕見的慢慢增強。

江侑希剛往斜坡踩一步，原本還平靜的街道忽然起風，強勁的風帶著些許的沙粒打在臉上，她雙腳一個沒踩穩，踉踉蹌蹌向後跌倒，袋子裡的漫畫書撒了一地。

眼睛被這些髒空氣吹得眼眶都流出眼淚，坡度上方有股冷風吹拂而來，在這夏日的微風中十分的罕見。

黑色的星玄突兀出現在夕陽底下，青白色的雷光微弱閃爍著，無邊界的黑色世界內，慢慢地步出一名青年。他瞇著碧綠色眼睛打量四周，穿著雪色長靴的雙腳跨出了第一步。

星玄在他身後迅速消失，揚起的狂風也隨之停歇。他挺胸昂然的姿態像極了軍人，頭頂那對輕微抖動毛茸茸狼耳與那與生俱來的傲然及冷冽有著鮮明的對比。

察覺到風速停止，江侑希爬起來，把目光投向冷風盤旋的方位，一抹修長的身影晃進了她的視線範圍內。她瞇起眼睛，與炙熱的目光對上。

是他、是他對吧？

她的嗓子好像被什麼東西堵住，很想不顧一切大聲喊出傑的名字，可是很害怕只是海市蜃樓，一眨眼化為烏有。

江侑希就這麼徒勞的張了張嘴，遲遲沒有開口說話。

眼前的青年，與幾個月前永存在記憶深處的那位狼耳背後靈如出一轍，寒星般的綠眸、清朗冷冽的面容。

他的目光看見她時，眼中溢出稀有的溫柔，一瞬間掃去所有孤寂。

下一秒，她只見一抹殘影劃過眼底。那張朝思暮想的臉龐竟出現在她面前，用著憐惜般的眼神凝視著自己。

江侑希眼眶已積聚一層水霧，她用力眨眼，並不是錯覺。「你怎麼又變成鬼了，這次我沒有亂撿貝殼啊。」

女孩的第一句話卻讓傑感到微愕，他曾不停地思考，若江侑希看見自己時，是不是會衝上前抱住自己說好想你之類的話，如今這樣的場面卻出乎意料。

「江侑希，看清楚我是什麼！鬼會有影子嗎？」他低聲斥責，捧住她的臉，強迫她看著夕陽為他拉長的影子。

淚水在這一刻瘋狂地湧出眼睛，說不出的感動蔓延胸口，有些酸楚、痛苦、高興、興奮，兩極化的情緒交錯在胸口。

江侑希哭得唏拉嘩啦，還說著有些無理頭的對話，「嗚嗚嗚，真的耶……這是影子！」她伸手抓住傑頭頂那對毛茸茸的狼耳朵，輕輕捏、拉、扯了幾下，「耳朵好軟好好摸，這樣你會痛嗎？」

傑吃痛喊了聲，「很痛！」幾個月沒見，江侑希該不會是亂吃東西瘋了吧？

她又喜極而泣流下大量眼淚，「那就不是作夢了，嗚嗚嗚！」

「妳清醒一點啊，膽子很大啊妳，敢抓族長的耳朵！」

看似罵人的話語，卻像暖流般的流進了她的心裡、湧上眼眶。她再次無法控制溫熱的液體順著臉頰滑下。

傑嘆口氣，「我們見面還不久，妳怎麼就哭了？」

他不知道該高興還該難過，她能高興到哭很棒，證明她很思念著自己的，不過她哭成淚人兒，反而不知道要如何安慰。

江侑希用手抹著眼淚，依然淚眼汪汪的，「你是不會看喔，剛才的強風都是沙子。」

傑立即變了聲調，「所以妳不是為了我的出現而哭？」

江侑希投去一眼別問莫名其妙問題的眼神，「我現在就是看到你高興到哭啊！」

她的相信果然沒有錯，無論她在哪裡，他都一定會找得到她。

「你怎麼來到這裡的？」

他神色悠然地笑了笑，「想知道？」

「嗯嗯嗯嗯嗯，非常想知道！」因為她找了許久都沒找到星玄，若不是靠著相信他的心情，絕對無法撐下去。

「疾音有個好友是提特星球的大王子。我回到母星後的兩天，大王子恰好光臨我們星球，而那位大王子剛好有一個女朋友，那女孩有一種很特別的能力，能夠開啟連結在各個世界、星球的空間，來去自如。所以就是她幫我開啟空間，讓我順利來到這裡的。」

江侑希聽完緣由，卻羨慕起那位有特異能力的女孩，「好好喔，我也想要那種能力。」

傑皺眉不解，「為什麼？」

提特大王子在雪狼母星的期間，就遇過不少其他種族的想要搶奪那位女孩，那位女孩擁有這樣特異能力的血統，是很多種族爭相搶奪的目標。

放眼如今的宇宙，只剩下女孩一人擁有這種特異能力。提特王子因為這個因素，常常得應付那些來搶親的其他種族。

看見大王子那麼辛苦，身為旁觀者的他都覺得辛苦。他才不想要讓江侑希也變成宇宙中的稀有種族。

江侑希很順口地說：「因為有了那個能力，不管你去哪，我都可以直接找到你。就算你變成幽靈，我還是照樣找得到！」

傑愣了愣，眼底流轉著一股感動的情緒。他促狹地眨了眨眼，「妳想要那個能力，我有個方法，要聽嗎？」

江侑希一聽有方法，眼睛都亮了，「什麼方法?!」

傑俯身，在她耳邊輕聲低語，「妳呀，等下輩子投胎吧。」

聽見這話的江侑希氣到聲音飆高八分貝，「傑！」她一把抓住青年的狼耳朵。

傑二度吃痛的低吼，本能的抓住她的兩手，用力抓到自己面前，「江侑希，妳皮癢嗎？不要以為現在我無法上妳身，妳就可以胡來！」

「好啦好啦，是我粗魯了。給你呼呼！」江侑希這回用著很輕很淺的力道撫摸他的耳朵，輕輕地吹氣。

女孩指下輕柔的撫摸令他心神一盪，有些衝動想抓住她的手，或是抱住她，稍加宣洩壓抑已久的感情。

「對了。我突然想到一件事情。為什麼你附身在我身上時，有時候能碰得到你，有時候卻無法碰觸？」

「……畢竟我是附身，不是幽靈。既然是共用一個身體，那麼交流必定是靠腦袋和這裡。」傑指了指胸口，「生物是用腦袋在思考的。那時候在圖書館，我想指導妳，腦海中的意念自然就能改變。」

「那我也想碰你為什麼都不行？」那時候內心難過得要死，想碰也碰不著。

「大腦是很複雜的，妳這個笨蛋是永遠學不會。」

正如他附身時，從未告訴她能夠靠心靈溝通。他能掌握其中的精髓，若他始終無法回到自己的身軀，很有可能抓到其中的奧秘。

「就你聰明！」江侑希瞪了一眼，旋即抱住他，話鋒接著一轉，「不過沒關係，反正你已經回到自己的身體，我現在想摸多久就摸多久～」

「色女！」

傑笑了笑，視線不經意接觸到漫畫書某頁的圖文時明顯一滯。他忽然覺得喉嚨有些乾澀、臉頰很燙，可是看不見自己的雙頰已經浮現一抹暗紅了。

「幾個月沒見，妳還再看這個。」

江侑希驚詫，忙不迭地鬆開手，彎下身快速把漫畫書扔進袋子裡。真討厭，一定是剛才跌倒時不小心散出來了。

江侑希睜眼說瞎話，「哪有，我第一次看呢。」

傑在這部分也不想說穿，而且江侑希拚命隱瞞的模樣，瞧著瞧著竟然很可愛！

「我要去還書了！」江侑希拎起袋子，急急忙忙地轉身想走，手腕一緊，被身後不發一語的青年霸氣拉入懷裡。

她驚愕不已，沒有料到他居然會主動緊緊從後面抱住自己，，袋子裡面的漫畫書再次散在地上。

傑還記得那本漫畫書上的動作，那一頁漫畫男主角對女主角做的動作——她很喜歡，甚至貼上標籤，上面寫著「**很棒>w<**」、「**重要♥♥♥♥**」。

雖然對他來說很煽情，可是既然她喜歡，那為了她，願意敞開心胸展現一下。

江侑希摸不著頭緒，感覺到他的雙臂緊緊的圈住自己，慢慢加快的溫熱呼吸吹拂在敏感的後頸。一股燥熱即刻襲上臉頰，她覺得曖昧又難耐，不時的扭動肩膀。

「小希。」好聽的聲音喊住她的名字，「就這樣不要動。」

江侑希心頭一動，緩下聳動的肩膀，有些恍惚的凝視夕陽拉將兩人緊貼的影子拉得長長的。

兩人從來沒有享受過這般寧靜，逐漸下沉的夕陽投射在身上，增添了一種輕輕的、溫柔的幸福

氣息。

這一刻，她不再感到孤單，順利的握住幸福、握住得來不易的溫暖，幸福在兩人周邊蔓延開來，從遙遠的星球伸展至這裡、她的身邊。

番外　飼養狼王子的技巧

寧靜的校園籠罩在夏日陽光的光線中。下課鐘聲一響，老師帶著教科書、踩著高跟鞋噠噠噠的離開。

陸陸續續有一些學生離開教室，只剩下一位女生、兩位男生，其中一位還是旁聽的身分靜靜坐在女孩的隔壁。

斜前方傳來砰的一聲，言荊用力的闔上書本，紫色眸子冷冰冰轉到後方——那對兀自聊得很開心的情侶檔。

可惡的江侑希，有了男朋友就忘記他的存在。是誰說重補修課程無聊，要他趕快來上課。結果今個兒一來，就看見她旁邊坐了一個，虧他昨晚還在掙扎要不要試著努力坐在江侑希身邊的位置聽一堂課！

想到這裡，言荊的口氣變得很不善，「哦，小狼找到主人了啊，還帶著項圈。」那條項鍊很明顯的戴在銀藍長髮的青年脖子上，可愛小狼吊飾的眼睛就與配戴吊飾的主人一樣，是一雙彷彿春水洗滌過的碧綠色眼睛。

江侑希扔下原子筆，一副要與言荊幹架似的，「喂喂喂，說話好聽點，這哪是項圈，明明就是項鍊！是我親手做的，幹嘛，忌妒嗎？」

「江侑希，妳又把我當寵物養？上次是老鼠，這次是狼？」

傑從未聽說過這條項鍊的緣由，只知道買下時，他以為不是送給夏文拓，就是她自己用的。

聽見傑高了幾分貝的質疑聲音，江侑希搓著雙手，諂媚地解釋道：「不是嘛，這是我送你的定情物耶，你看吊飾的眼睛是綠色的。你回到母星後，也只有這個陪著我啊……」說到最後幾句，語調流露出可憐兮兮的音調，分明是想博取同情。

不知怎的，話題瞬間轉回那兩人之間，一下子就把他這位電燈泡區隔開來。言荊用力拍桌，拿起書本便揚長而去。

「算了，懶得理你們這對黏答答的情侶。」

江侑希朝言荊的背影喊了喊，「慢走不送。言荊同學記得明天要小考試喔！如果你想要比記憶吐司還要快速的記憶法，我考慮讓你來我宿舍參加讀書會。」

言荊轉頭睞了她一眼，然後用力「哼」一聲離開。

江侑希分明是想在傷口上撒鹽，「不要對不起薄薄的成績單嘿！」

明知道言荊重補修課沒有人協助，不對，疾音會協助他通過，不過兩個男性一起進行讀書會，和情侶一起進行讀書會，兩種感覺是非常不一樣的。

傑托著下巴，涼涼的開口，「妳這麼依賴我啊？可是我昨天才來這裡，時差還沒調回來，有點累，這次小考妳自己想辦法。」說著他疲憊的打了聲哈欠。

江侑希聽了大難臨頭，差點沒噙著淚珠哀求。

她拽住傑的衣服，不依不饒的撒起嬌來，「不要這樣嘛，傑～幫幫我！」發現他仍不為所動，她直接撲進他懷裡，使出渾身解數撒嬌，完全豁出去了，也不管自己的臉有多紅。

她的手從抓住衣服，慢慢的往上爬，雙手輕柔的撫過他的臉龐，一邊悄悄的觀察他的反應。

誒？居然是面無表情！江侑希突然進行不下去，可是都進展到這裡了，要撒嬌就一次成功，現在使出殺手鐧吧！

於是她直接抓住掀開他的帽子，那對狼耳朵霎時跳出來。她雙手愛不釋手的捏、抓、搔、摸──

終於，他按捺不住出聲，語氣急切地說：「好好好，別再捏我耳朵！」

傑沉重的嘆口氣，用手按著緊繃的臉部線條，或許只有他自己知道剛才那一分鐘簡直是煎熬。

現在沒能威脅搶走她的身體，她居然得寸進尺。

江侑希得逞地笑在心裡，就是知道他受不了轟炸式的撒嬌，所以她故意捨棄女孩子的面子，搭配三寸不爛之舌，和靈活的手指頭，就讓孤狼聽話了！

傑轉頭望向窗戶中反射的自己，臉上浮現清晰的紅潤。他眸色一滯，像想極力掩飾自己的現況，雙手遮住臉孔，毫不遲疑的趴在桌上。

「誒？傑，你不舒服嗎？」江侑希大吃一驚，以為傑真的不舒服所以才拒絕幫自己惡補數學。手探向他的額頭，接著又摸了一把他的手、脖子，「稍早的溫度雖然有點熱，但也沒熱到這麼滾燙啊！不行，我得快帶你去看醫生！」

江侑希慌忙把書本扔到書包，牽起傑的手，用力把他從椅子拉起。

傑反手握住江侑希的手，「不用，我沒生病。」

「可是你的體溫好高啊！再這樣下去腦子會被燒壞的。」

傑想解釋自己根本沒有生病，可是說出因為害羞而臉紅、體溫暴漲升高，有違背族長的風範。

最後，他嘴巴緊緊閉著，於是更讓江侑希誤會了。

她匆匆忙忙拎起書包，偕著傑離開校園，來到鎮上一間知名的診所。診所外面的玻璃牆上貼著小狗、小貓的海報，海報上面斗大的字體寫著：

想要寵物有健全的健康嗎？想要寵物充滿活力嗎？本院所提供完善的治療，讓所有的主人不會因為寵物生病而煩惱。

主人們對寵物的愛，本院所竭盡心力達成使命！

傑的思維產生些許的脫節，「……這是什麼醫院？」為什麼他看到一堆小動物……還有院所內有名穿著白袍的醫生正在替受傷的小狗治療，可是那隻小狗的眼睛似乎泛著淚光，求救般的與傑四目相接。

江侑希用很理所當然的語氣說：「獸醫啊，你不是隻狼？既然是動物，去給獸醫看醫生很正常吧。」

傑低頭看著洋洋灑灑、說得長篇大論的女孩，那雙棕色的眼睛裡折射出熱切的光芒，雙頰因為喜悅染上一層薄薄的緋紅色。

胸口泛起一陣悸動，他伸手將她攬入懷裡，澈底感受到這份真實的觸感，懷裡的溫暖竟有幾分不真實。

「江侑希。」他溫柔的撫摸她的頭髮，如同以前內心幻想的，就像海藻般的柔順。

江侑希有些受寵若驚，「誒，你、你還好嗎？是不是真的很不舒服？」

「嗯，是真的很不舒服。」

他停頓了一下，垂下視線注視著她的雙眼，終於再也克制不住，輕輕的、溫柔的、小心的吻上她的嘴唇，彷若輕羽的親吻流露出他所給予的珍惜，唇齒間溢出溫和的話語。

「謝謝妳將我從迷失的空間拉出來，讓我有了勇氣。」

他將這份溫暖視為珍寶，起先怕唐突了女孩，隨著心跳越變越快，髮間的清香充斥胸口，越抱越緊，緊到怕失去對方。

「江侑希，我喜歡妳，真的很喜歡妳。」

「我也很喜歡你，傑。」江侑希面帶微笑，更緊些抱住傑。

定下約定相逢，勿忘的誓言打破兩個遙遠的世界，獲得一扇新的門扉，從遙不可及的距離牽繫住兩個不同世界的人。

【全文完】

後記

大家好，我是花鈴。時隔半年，又能和大家見面了。謝謝秀威給予這次機會，以及齊安編輯協力製作出這本愛情小說，能讓它以實體書登場，我真的很感動。

很久以前就想寫一個背後靈的故事，但這位背後靈不是恐怖故事的惡靈，而是愛情故事裡男主角的化身，我想，這樣比較浪漫？再來也想寫一個飼養寵物有關的題材，於是將兩者結合一起。

如果男主角是個吐槽系的背後靈呢？感覺更有趣了。不知道為什麼，我對吐槽系、毒舌系的總是特別喜歡，好像男主角不欺負一下女主角不行呢！我怎麼不說搞不好自己也是個M?!

不過本書的女主角也不是省油的燈，她極致的吃貨能力和撒嬌功夫讓男主角無可奈何，這吃貨能力似乎比《血族育妻條約》的女主角還厲害耶哈哈哈哈！

說到吃，我記得我在寫這本書的時候，一直思考蟲王的味道是什麼，當時寫著寫著，正想吃鹹酥雞，鹹酥雞搭配九層塔是絕配！正巧女主角是個可愛的吃貨，於是這樣的惡搞就被我寫進去了……結果每當我在校稿的時候，看見鹹酥雞加九層塔，不禁口水直流。

這本書的風格趨近於我早期梨央時期的風格，奇幻愛情兼搞笑輕鬆哈哈。如果有讀過梨央時期的外星美男系列，這部作品裡面出現的部分角色來自於外星美男系列，一定會感到很懷念，畢竟外星美男系列已經超過五年的歷史啦！

提到角色的來由，當我完成這部小說後，我有一股衝動，我想要把言荊的故事完成！這位孩子已經等了好幾年，這些年也陸續收到讀者的訊息，詢問言荊的故事，總覺得沒有給他一個完整的故事，於我也是種遺憾，所以我會努力把他的故事生出來的！（握拳）。

以下附上外星美男系列相關作品，不論是已經讀過，或者是新朋友，若有興趣不妨撥時間閱讀笑笑唷：《飼養外星美男》、《王子殿下住我家》、《戀愛要在放課後》

非常感謝從以前支持到現在的小讀者，感謝你們買的任何一本書，有你們的支持花鈴才能寫到現在，如果有下一本故事的話，我們再見，愛你們～（大愛心）。

以下兩個我經營的社交軟體，歡迎追蹤，不定期會舉辦活動哦！

臉書粉絲團：花鈴 x 梨央

Instagram：hanalingxrio

要青春90　PG2598

要有光
FIAT LUX

狼男友的馴養法則

作　　者　花　鈴
責任編輯　喬齊安
圖文排版　黃莉珊
封面插畫　Jeannn
封面設計　劉肇昇

出版策劃　要有光
發 行 人　宋政坤
法律顧問　毛國樑　律師
印製發行　秀威資訊科技股份有限公司
114台北市內湖區瑞光路76巷65號1樓
電話：+886-2-2796-3638　傳真：+886-2-2796-1377
http://www.showwe.com.tw
劃撥帳號　19563868　戶名：秀威資訊科技股份有限公司
讀者服務信箱：service@showwe.com.tw
展售門市　國家書店（松江門市）
104台北市中山區松江路209號1樓
電話：+886-2-2518-0207　傳真：+886-2-2518-0778
網路訂購　秀威網路書店：https://store.showwe.tw
國家網路書店：https://www.govbooks.com.tw
總 經 銷　聯合發行股份有限公司
231新北市新店區寶橋路235巷6弄6號4F
電話：+886-2-2917-8022　傳真：+886-2-2915-6275

出版日期　2022年1月　BOD一版
定　　價　260元

讀者回函卡

Printed in Taiwan

國家圖書館出版品預行編目

狼男友的馴養法則/花鈴著. -- 一版. -- 臺北市
: 要有光, 2022.01
面；　公分. -- (要青春 ; 90)
BOD版
ISBN 978-626-7058-14-5(平裝)

863.57　　　　110021298